ANTONIO RAMOS REVILLAS
LOS ÚLTIMOS HIJOS

LA PRIMERA VERSIÓN DE ESTA NOVELA SE ESCRIBIÓ CON UN APOYO DEL PROGRAMA
JÓVENES CREADORES DEL FONCA 2012-2013.

Los últimos hijos, primera edición: septiembre de 2015

Coedición: Editorial Almadía S.C./
               Consejo Nacional para la Cultura y las Artes-
               Dirección General de Publicaciones

La presente obra se publica en colaboración con
Fundación TV Azteca A.C.
Vereda No. 80, Col. Jardines del Pedregal, C.P. 01900, México, D.F.
www.fundacionazteca.org

Las marcas registradas: Fundación TV Azteca, Proyecto 40 y
Círculo Editorial Azteca se utilizan bajo licencia de
TV AZTECA S.A. DE C.V. MÉXICO, 2015

www.almadia.com.mx
www.facebook.com/editorialalmadia
@Almadia_Edit

ISBN: 978-607-411-182-8, Almadía
ISBN: 978-607-745-095-5, CONACULTA

Seleccionada originalmente en la Convocatoria Coediciones 2015 del CONACULTA
como *Lo que no alcanza nombre*.

Impreso en México / *Printed in Mexico*

ANTONIO
RAMOS
REVILLAS
LOS ÚLTIMOS HIJOS

CONACULTA

DIRECCIÓN GENERAL
DE PUBLICACIONES

Almadía

Aunque es inferior a los vertebrados en cuanto que carece de la dignidad del sufrimiento, vive dentro del mío como el ángel absoluto, prójimo de la especie humana. Hecho de rectitud, de angustia, de intransigencia, de furor de gozar y de abnegación, el hijo que no he tenido es mi verdadera obra maestra.

RAMÓN LÓPEZ VELARDE

La única habitación que los ladrones respetaron a medias fue la del bebé. Las pisadas llegaban hasta la cuna y de ahí se dirigían, con torpeza, al resto de los muebles. En la estantería de metal no faltaba ni un paquete de pañales, pero se hallaban desordenados. El andador, que antes colgaba de la pared, se encontraba en el suelo. Botellas de aceite para bebé, biberones, mantas, un par de pañaleras y la carriola seguían sumidas en el silencio apenas perturbado por el polvo que, por años, había entrado al cuarto y se había pegado, anfibio, a la superficie de los objetos.

El interior de la cuna estaba intacto.

Aquella había sido una larga temporada de robos en la ciudad. Nadie se sorprendía de la forma en la que operaban los ladrones, quienes se aliaban con los guardias, más porteros que vigilantes entrenados, y con la policía, corrupta desde las raíces. A las víctimas se les desvalijaba sin pudor. En sus casas se alineaba, al final del atraco, el desorden; aquellos eran hogares que delataban cierta riqueza contenida, opulencia de clase media avalada por sus tesoros fáciles de vender: joyas, electrodomésticos y artículos varios que rápido cambiaban de mano en cualquier negocio de muebles de segunda.

La casa que habitábamos se hallaba al final de la calle de acceso a la colonia; colindaba con un parque trasero en el que los niños solían corretearse o jugar futbol, y con la parte más alejada de la barda perimetral, en cuyo reverso se encontraba un baldío, y montículos con desechos de material para construcción, donde algunos perros peleaban durante las noches por huesos o basura. A las orillas del terreno corría el cauce de un canal de estiaje que, en épocas de lluvia, cargaba una riada lodosa, y en las de calor solía estar desocupado, tregua que algunos chicos aprovechaban para recorrer sus márgenes acanaladas y grafitear los muros de cemento.

Aún no apagaba el motor del Civic cuando escuché mi nombre dicho con tensión por mi mujer.

—Alberto.

Al fin vi la puerta abierta y algo de nuestra ropa en el césped del jardín de la entrada. Algo ocurre con los robos que detonan incredulidad al descubrirlos. Nunca había pensado en que podrían asaltarnos. Cuando uno sale de casa espera llegar a su hogar tal y como lo dejó.

Nos gustaba la ubicación de nuestra casa, en el espacio más recóndito de la colonia. Ahora veía que estar tan lejos también era peligroso. Irene me tomó de la mano y noté en sus pupilas dilatadas que necesitaba algo de consuelo, uno que ni yo sabía de dónde tomar.

—¿Vas tú? —me preguntó y esperó mi respuesta.

No me moví, pero la brisa al fin zarandeó la puerta contra el marco y la cerró de golpe, con un ruido seco que me paralizó. Una descarga de adrenalina hizo que metiera la primera velocidad del coche. La ansiedad; el aromatizante que había colocado esa mañana me asqueó. Apagué el motor y giré la llave para cortar la marcha del automóvil. No quería descender. Mi garganta se encontraba reseca. Observé por el espejo retrovisor para buscar ayuda, pero nadie se ubicaba cerca.

Las casas no sólo guardan a la gente, sino que convocan sus errores y derrotas. Fueron las palabras de Irene las que me recordaron lo más valioso que había adentro y que tal vez se habían robado.

—¿Y si entraron al cuarto del bebé?

Ahí estaba la palabra que pronunciábamos con temor, con vida. Aspiré, exhalé, repetí el gesto. Me limpié las manos sudorosas en la pernera del pantalón. Quité la llave del encendido del coche y la torpeza tomó control de mí. Apagué mi teléfono celular y se lo di a Irene. Indeciso, abrí la puerta, alcancé la banqueta, caminé por el pasillo sin mirar nuestra ropa en el suelo.

Era mi fantasma el que se detuvo ante la puerta cerrada y la abrió con familiaridad. Adentro, la escena cobró silencio: cortinas plúmbeas, la sala fuera de su lugar, cuadros caídos. No batallé para encontrar una gran cagada junto al inicio de las escaleras. Por la puerta de vidrio que comunicaba la sala con el patio se colaba una luz sucia y agónica. Recorrí la habitación con la mirada para comprobar al vuelo los indicios del robo: los muebles de la sala, el espacio donde ya no había televisión. Desde ahí me asomé a la cocina: nadie. Observaba con curiosidad el desorden, los objetos que eché en falta, la forma en que la luz se desdoblaba sobre la ausencia de los muebles. Los focos encendidos mal aluzaban las paredes en donde las fotografías de nuestra boda seguían indemnes.

Irene y yo nos habíamos casado sin el permiso de sus padres y los míos. Nuestra boda había sido en el registro civil y por la noche rentamos un salón privado en un bar céntrico. Estábamos eufóricos esa noche. Las fotografías de nuestra boda no tenían grandes jardines ni el desfile de familiares, sino una mesa con botellas, ceniceros y, al centro, un pastel pequeño, blanco, de un piso, que entre nosotros y los amigos de esa época devoramos en un santiamén.

Trepé, sediento, contenido, al segundo piso. Miraba el techo sobre el cubo de la escalera con la certeza de que aparecería un hombre o una sombra en esa parte. La sangre se agolpaba en mis piernas y bronquios, pesados mis pulmones, quería toser, pero me contuve. El tórax se ensanchó por aquel carraspeo que se descarapelaba en mi garganta. Tenía tanto miedo como deseos de llegar a la habitación del bebé. ¿Se lo habrían llevado? ¿Estaría en su sitio? Arriba encontré la estancia sin la televisión, el mueble saqueado donde acomodábamos las películas, de reojo atisbé la puerta abierta de nuestra recámara. Avancé por el pasillo, crucé la habitación que servía de gimnasio y bodega, una serie de fotogramas del desastre envuelto en distintos aromas me aguijoneaban desde sitios que no podía precisar en ese momento, hasta que finalmente llegué al cuarto.

Estaba abierto.

La chapa ilesa.

Encontré una habitación desordenada. La tina para bañar se hallaba fuera de su sitio. Las puertas del cambiador, abiertas. Me acerqué al cunero. ¿Cuántas noches, antes de irme a dormir, no se habían dirigido mis pensamientos a ese cuarto, a ese jergón, con la ligera sospecha de que el nene había despertado? De niño y de adolescente, incluso en mi vida adulta, siempre me había sentido inclinado a cargar y mimar recién nacidos. Era algo que había visto repetir mucho a mi padre. Le hacía muecas a bebés que se encontraba a veces en brazos de sus madres o cargaba a los sobrinos para hacerlos reír. Aquel era un gesto que, me dije, iba a repetir en su momento con mis hijos. Toda la vida te enseñan a cómo lidiar con los bebés, es una educación inconsciente pero sin tregua.

Adentro de la cuna seguía el bebé mecánico. Su ropa se veía descolorida por el paso de los años. Su cutis dañado. En su puchero congelado encontré una telaraña que iba de la frente a la nariz de silicón. Lo extraje con mucho cuidado. No abrió los ojos, dormía porque hacía mucho que no tenía pila.

Era un modelo *reborn* de la marca Fiel, al que nunca le pusimos nombre. Los comerciales en internet decían que los niños Fiel nunca morían. Un hijo de fiel amor, de sonrisa fiel que nunca se extinguiría. En sus facciones, diseñadas después de que los fabricantes vieran fotografías de Irene y mías, había algo tétrico y familiar al mismo tiempo. Con sus dedos, brazos y piernas regordetas, todo él aparentaba ser un recién nacido de pocos kilos. Una pesada carga de cuatro pilas D sostenía el complejo sistema eléctrico que reproducía bajo aquel caparazón de látex los procesos de respiración y un latido mecánico. Sólo de eso debíamos preocuparnos. Este *reborn* no me llenaría el hombro de vómito como yo había soñado al ver a mi padre, no me apretaría las manos con sus dedos cálidos. Su perfume era una mezcla que producen el aroma del plástico, el silicón y las tintas. Nunca enfermaría. Nunca moriría. Llevaba puesto el mismo traje de verano con el que lo habíamos vestido tras no mucho pensarlo, con la fantasía de pasar un domingo familiar en casa del abuelo, quien lo esperaría con sonrisas, palabras, mimos y gestos infantiles que deben gozar los nietos que son amados de verdad; pero este caparazón, esta cáscara no iba a recibir aquellos abrazos. Su cabello real, donado por alguna miserable mujer para ganarse unos euros, y colocado uno a uno después de ser cubierto con un químico para mantenerse saludable toda la vida, se notaba quebradizo. Ausculté las pupilas castañas, las cejas, y pensé en el corazón que no latía. Incluso este bebé se había muerto.

—¿Por qué lo arrullas? —la voz tensa de Irene a mis espaldas.

Tenía a la criatura en brazos. Le limpié las telarañas y el polvo. Dejé al *reborn* en la cuna; como si no quisiera despertarlo, me aparté sin enfrentar a mi esposa hasta que salí de la pieza. Me sentí estúpido por haberlo cargado y que Irene me descubriera. Irene se quedó dentro de la habitación. La vi inclinar el cuerpo hacia el interior de la cuna, noté que deseaba cargar al *reborn*, pero tras unos segundos recuperó la vertical y salió del cuarto. No podía moverme, pero solté una bocanada de alivio cuando mi mujer se acercó y me sujetó de la mano.

—Quise cargarlo, pero no pude —Irene gesticuló con cierta aprehensión.

—Pesa lo mismo —le dije—, se siente igual que la última vez.

Los ladrones se habían zurrado en el inicio de las escaleras. Imaginé al tipo en cuclillas, con el culo al aire. La peste nos recibió en cuanto llegamos a la sala.

—También se cagaron ahí —Irene señaló una charola de alpaca que habíamos comprado durante nuestra luna de miel en Taxco. Nos habíamos quedado en un hotel pequeño, en una calle que subía a la plaza principal, y aunque la idea era gastar lo menos posible decidimos que la charola sería el primer objeto para nuestra casa tras la boda.

La mierda se encontraba junto a unas manzanas de barro escamadas con vidriería amarilla y verde. Irene apretó los labios, noté que pasaba saliva en un esfuerzo por contener la arcada. La caca ofrecía un aspecto verdoso y la peste, tan agria, se untaba en mis dientes, resbalaba en mi garganta hasta caer como un pedazo de carne vieja en mi estómago. Irene fue a la lavandería donde también guardábamos nuestras herramientas; regresó con un par de guantes de carnaza calzados, se embozó con una toalla sucia y tomó la charola cual artefacto explosivo. Salió al patio y la aventó dentro del bote de basura. Regresó con escoba y recogedor y raspó la mierda en el suelo junto a la mesa, aunque dejó algunas marcas.

A pesar de que limpiamos la mierda, aún persistía el olor. En el baño, debajo de la escalera, había un aromatizante, pero aquella esencia a nueces y vainilla no ayudó a disipar la impresión bochornosa que con los minutos se volvió más eléctrica; con los segundos caía aquella verdad: nos habían robado. Estábamos indefensos. No supe qué era peor, si el hurto o la sensación de que podían volver, que la casa no servía para protegernos. Abracé a Irene y ella recargó su cabeza en mi hombro. Sentía sus manos toscas, a causa de los guantes, sobre mi espalda. Aspiró profundamente varias veces, su cuerpo se henchía dentro de mis brazos. Después recordó que algo faltaba.

—¿Y *Abril?*

Era nuestra gata. La habíamos adoptado hacía cuatro años. Apenas oía el motor del coche, se asomaba por una de las ventanas y se restregaba contra el vidrio para recibirnos. Mi primer pensamiento fue que estaría escondida. Empezamos a llamarla. Irene imitaba pequeños maullidos, yo me palmoteaba las piernas. Traje la bolsa de croquetas y la agité para que Abril se acercara a comer, siempre aparecía al oír aquello. Recorrimos la sala, el patio, fui hacia la calle temiendo que se hubiera escapado al quedar abierta la puerta durante tanto tiempo. La llamaba con el tono más infantil que podía, repetía su nombre con lentitud, en voz baja, suave.

Nuestra mascota, hogareña y de vida fácil, en algunas ocasiones escapa para explorar el parque, es tal vez el único llamado salvaje que le queda a su raza tras ser domesticada. Recordar eso me intranquilizó. Aunque la imaginé huyendo de los ladrones, lo que en realidad habría sucedido era lo contrario: se dejó cargar y mimar. En casa, los animales le pierden el terror a lo extraño: les quitamos parte de sus instintos.

Al llegar este momento no entendía por qué tanta saña. Busqué cualquier indicio. Era un sujeto de bajo perfil. Hacía mi trabajo como podía, no andaba en discusiones ni en chismes. Alguna vez una secretaria comentó en una fiesta que desconfiaba de mí por no ser padre. Nadie fue con el chisme: la oí, pues me encontraba a sus espaldas. La mujer se ruborizó al verme. No le aparté la mirada hasta que media hora después se fue sin despedirse. ¿Ella qué sabía? Fuera de esos arrebatos, en la colonia éramos cordiales con los vecinos, aunque no asistíamos a sus juntas o fiestas. Imposible encontrar culpables. No hallé coches sospechosos al salir ni en el camino a casa ni extraños paseándose ante la puerta de entrada de la colonia.

Irene se asomó por una de las ventanas de la planta alta.

—¿Está arriba?

—No, pero debes ver esto.

Alta, de facciones delgadas, con pechos pequeños que cabían en mis manos, grácil en ocasiones, la postura tensa de mi mujer me alertó pero, en ese momento, oí los maullidos de Abril. Provenían de la cocina. Irene también la oyó. La gata se encontraba en el horno, dentro de una bolsa del mandado y embadurnada con aceite de cocina. Maullaba lastimosamente. Irene la sacó, la tomó en sus brazos, la apretó, desanudó las correas, le besó la frente viscosa. Abril se dejó hacer mientras seguía quejándose. Cuánta humanidad reside en los actos simples de nuestras mascotas. Irene me preguntó con qué podía quitarle aquel emplasto. Fui por una toalla con la que frotó los pelos de la gata que, en mechones, se desprendían sobre el algodón.

Sólo hasta entonces me percaté de que no habían pasado ni quince minutos desde nuestra llegada y ya nada era igual. Bajar del coche, trepar los escalones, dejar al *reborn* en el cunero, raspar la mierda, rescatar a una gata del horno parecían acciones que tomaban mucho tiempo para cumplirse… como el bebé que tarda meses en formarse y un segundo en desaparecer.

Empecé a evaluar nuestra pérdida. Los ladrones se habían llevado la televisión de la estancia y los reproductores de música y video, películas, joyas y artículos de belleza. Los anaqueles de la cocina estaban abiertos y parte de nuestra despensa se encontraba en el suelo. Lo que no se pudieron llevar lo destruyeron. Recorrí las habitaciones y encontré aquello que Irene quería mostrarme: los ladrones también se habían cagado en el colchón de nuestra recámara.

–¿Qué más se llevaron? –me preguntó.

Lo siguiente fue constatar las pérdidas en mi oficina, a la que también le faltaban la computadora, la impresora y mi *tablet*. Nada me preparó para leer ahí la última ofensa. Los ladrones grafitearon en una pared una frase con tres sílabas: "Ja, ja, ja". Una carcajada socarrona rebotó en mis huesos. Los nervios me ardieron. ¿A dónde iba todo eso? Aquellas tres sílabas finalmente me habían noqueado, un golpe bien acomodado en el vientre para sacarme el aire; sentía, ardiente, un *jab* directo en mi mejilla. Me senté al escritorio y solté un largo suspiro. Una pesada esfera me oprimió el cráneo, aplastó mi cuello. Quise hundirme en el suelo, recostarme en él mientras escuchaba a mi mujer hablándole a nuestra gata suavemente, era nuestra bebé.

Salí de mi oficina y me senté junto a Irene. En el suelo encontré rotas las copias de algunos cuadros que había comprado en museos: cuadros *reborn* del original, pensé: de *El triunfo de la muerte*, de Brueghel; de algunos fotogramas de películas de Buñuel en las que un asno era descarnado por las hormigas y, en el otro, un ojo a punto de ser cercenado por un cuchillo, decían: "Ja, ja, ja". En ese momento se encendió el farol afuera de la casa. Salí para ver cómo el resto de las lámparas se prendían. Suspiré, vacié el aire, aspiré, percibí la nada que llevaba por dentro, la misma sensación de vergüenza que me embargó tras la pérdida de nuestro bebé.

Desde entonces había intentado que regresara, sin éxito.

Cuando pasó aquello, me pregunté en qué punto de mi vida, hacia qué estación me había movido para recibir tal castigo. Unos pueden reaccionar con enojo ante la pérdida de sus hijos. Otros padres, al perder a sus nonatos, se hunden para siempre. Mi reacción fue la incredulidad y, tras ella, una gran e infinita vergüenza tan inasible, transparente, que se pega a todo lo que eres y serás en adelante. Pierdes a un hijo. Nada cambia hacia afuera. Los primeros meses Irene casi no habló, pero con la llegada de Abril empezó a interesarse de nuevo en la vida. Era una cosilla fabulosa, Abril: tenía más pelo que cuerpo, corría detrás de todo: de cascabeles, zapatos, se peleaba con hojas que Irene le daba aplastadas y en forma de pelota. Luego se volvió la hija de Irene y mi ánimo cambió.

Aunque una larga temporada me negué a aceptar la pérdida, me descubría imaginando una vida con mi hijo: el día de su nacimiento, sus cumpleaños, cuando lo cargaba para festejar cualquier cosa. Mi paternidad era un fantasma que se extendía apenas cerraba los ojos. La imagen del hijo que nunca cargué desfilaba ante mí cuando aguardaba en una fila para pagar las cuentas bancarias, mientras el semáforo se mantenía en rojo. Sentado ante al televisor, mientras Irene jugaba con la gata, me acosaba la imagen del hijo que nunca había visto, pero que era. El coraje adormece, pero luego no supe si aquello era enojo o una sensación que no encontraba nombre, parecido a una degradación sin adjetivos. Un día me resigné a no sentir lástima por mí. La vida atropella, siempre encuentra la forma de chingarte. A otros les quita dinero, los condena a trabajos miserables, los lleva directo contra un poste en una carretera, les da enfermedades, los mantiene siempre a raya del éxito, les quita las palabras. A mí me quitó a un hijo antes de nacer y siempre seré eso.

Esos días recordaba aquella imagen bíblica con la que mi madre me asustaba de niño cuando me portaba mal: la del ángel de la destrucción que Dios envía para asesinar a los primogénitos de Egipto. La primera vez que me contó aquello no pude pegar los ojos durante buena parte de la noche. Siempre había creído que los ángeles eran buenos;

descubrirlos como seres llenos de maldad me provocó pesadillas. La historia es corta. La única manera que tienen los israelitas para evitar que mueran sus hijos es untando sangre de cordero en los dinteles, umbral y marcos de las puertas y ventanas. Yo poseía una casa cuyos marcos y dinteles había cubierto con la sangre del cordero y, aun así, el ángel de la muerte se había llevado a mi primogénito. Arriba, en la habitación del *reborn*, los pasos se detenían frente a la cuna. ¿Por qué no se lo habían robado? Sonreí amargamente al imaginar los rostros de los ladrones al encontrarlo. Dios, en toda su sabiduría, me había quitado a mi hijo, pero había permitido que me quedara con una copia que hasta los ladrones respetaban.

Me levanté para ir por una escoba y una tina con agua. Me quedé en el patio para observar el atardecer. Corría un aire suave, tal vez el último de la primavera. No muy lejos alguien cocinaba carne al carbón y, más allá, escuché un ladrido apagándose. Pasados muchos minutos sentí a Irene junto a mí. Dijo con desgano que le había llamado a la policía y al seguro. Iba a enojarme, pero me contuve. Estaba bien. Quería mantenerlo así: que nadie se enterara del robo así como casi nadie sabía de la pérdida de nuestro bebé, para que el silencio pudiera restablecer algo de dignidad. Pero Irene tenía razón, debíamos recuperar algo, lo que fuera, poner la denuncia. Hablar. Eso nos había dicho nuestro psicólogo: la única forma de ahuyentar al demonio es nombrarlo.

Por muchas razones, el *reborn* en la cuna no tenía un nombre.

La patrulla se estacionó frente a la banqueta un par de horas después. Pasamos ese tiempo dentro del coche. La casa nos había expulsado y el auto nos servía de refugio. Teníamos a nuestra gata en la transportadora. Antes había leído que cuando se es víctima de un robo, por ridículo que suene, se desconfía para siempre del sitio en el que viviste, de la calle donde te robaron, del camión de pasajeros que abordaste y donde te robaron porque casa, calle, camión, han fallado.

—¿Y si nos vamos una temporada?

—¿Estás loco? No, ¿a dónde?

—A casa de tus padres.

—Ya sabes que no quiero volver ahí.

La vieja casa de los padres de Irene se hallaba ubicada en una de las colonias antiguas de la ciudad, y no habíamos ido en mucho tiempo. Aquellos habían sido malos días. Los padres de Irene eran reacios y duros, con una educación basada en el castigo y una férrea responsabilidad religiosa. La única en casa que se desvivía por atender a mi mujer era Amparo, la nana. Irene era su consentida y no escatimaba esfuerzos en cuidarla, aunque en ocasiones eso la llevaba a enfrentarse con su patrona. Cuando Irene me presentó con sus padres en un restaurante, descubrí por qué había huido el resto de sus novios. Su padre, marcial, me fustigó con preguntas sólo atenuadas por breves gestos de Pilar, su madre. En una ocasión, Irene llegó a nuestra cita con las mejillas enrojecidas. Su papá la había golpeado. Ese fue el motivo que detonó nuestra boda: esa noche, al llegar a casa, decidí ir por Irene. Abordé una ruta que me dejó del otro lado de la ciudad. No tardé en dar con la casa a la que nunca había entrado por el temor de Irene a que su padre nos dijera algo. Siempre que la llevaba a su casa debía dejarla al menos a dos calles de distancia. Toqué. Salió Pilar, sorprendida de verme.

—Busco a don Ernesto —mi tono era glacial.

Me pasaron a la sala. Irene apareció junto a la puerta que daba a la cocina, alertada por la nana. Don Ernesto era imponente: un norteño viejo que había llegado a la ciudad en su juventud, de hablar desbaratado, mirada hosca, oriundo de una de las tantas rancherías apenas asomadas a la carretera y de la que había salido para sacar adelante a su familia.

—Vine por Irene —le dije.

Ella no se movió.

—No quiero que le vuelva a pegar a mi novia.

Don Ernesto observó a su hija con detenimiento y, al fin, descubrió que Irene había crecido.

—Mientras yo ande con ella no quiero que la vuelva a

tocar o se las verá conmigo. Usted, para mí, sólo es otro viejo que no sabe lo que tiene en casa.

—Está muy bien lo que dice —señaló entre dientes—, pero mientras Irene viva aquí se atiene a lo que yo diga.

—Vámonos, Irene —le extendí la mano.

Pero no se movió. Me acerqué a ella y le dije que si se iba conmigo nunca más le pegarían, nunca más tendría que levantarse con miedo y que una semana después nos casaríamos. Le apreté la mano con fuerza y esta vez no vaciló.

Aunque Irene intentó congraciarse con sus padres no lo pudo hacer. Ni siquiera en los últimos días de la enfermedad de don Ernesto volvieron a hablar, sólo hasta la de Pilar hubo un acercamiento, torpe, expedito. Era la nana quien nos llevaba y traía noticias de aquella familia.

Mientras esperábamos a los policías pasamos por varios estados de ánimo. Del coraje habíamos recalado en el miedo. Luego en la entereza. En un momento nos abrazamos. Irene murmuró que esos ladrones eran unos hijos de la chingada.

Una pareja de recién casados había sido asaltada meses atrás. La pareja interpuso la denuncia. Por azar, los ladrones fueron capturados pero absueltos por falta de pruebas, así que volvieron a la casa y asesinaron a quienes antes habían robado. Ahí terminaba la noticia en los periódicos.

Desde que Irene llamó a la policía temía algo parecido. Demasiadas preguntas, ideas poco atractivas, pero en general marcadas por la ansiedad, salieron de nuestros labios. ¿Y si volvían? ¿Y si estábamos fichados por los ladrones? ¿Cuánto gastamos en los protectores de la casa? Te dije que debíamos comprar la alarma. Utilizaron una llave maestra, siempre las usan. Alberto, iban a cocinar a nuestra gata. ¿Por qué se portaron así con Abril? Ya no quiero vivir aquí. No soporto que ahora sepan todo de mí, qué ropa me pongo, dónde está la azucarera, dónde me siento a mirar la televisión. Tocaron todo. ¿Desde cuándo nos conocen? ¿Dónde nos han visto? ¿Viste que ni destruyeron la chapa? Son unos profesionales. Si le hubieran prendido fuego a la gata no sé qué habría hecho… ¿Por qué no se llevaron ni un pañal de la habitación?

A nuestro alrededor, la colonia entró en cierto receso. Los niños que jugaban en el parque dejaron de corretearse y, con la caída de la noche, algunos vecinos salieron a trotar. Veía aquello como si estuviera frente a la televisión: así son las vidas ficticias, pensé, con un orden. No sé por qué recordé a mis padres y a mi hermano. Tenía demasiados años sin verlos; estaban lejos, en otra ciudad. A veces hablaba con mi madre, pero incluso esas llamadas rápidas tenían un tono insípido y de rechazo; aún no lograban entender que me hubiera casado con una mujer de una religión que ellos no profesaban. Para mi madre y mi hermano, vivía en un pecado que los señalaba cuando asistían a la iglesia evangélica. Era claro a quién habían escogido. La última vez que charlé con mi madre le corté pronto. Ella era la única de mi familia que sabía de la pérdida y no soporté cuando mencionó, entre dientes, que aquello era una prueba de Dios. Un castigo.

—Dios te castigó como a David y Betsabé —me dijo.

No le respondí, aunque escuché por algunos minutos su respiración a través de la bocina, algo que se caía en su casa, el chasqueo indeciso con la boca antes de terminar la llamada. Nunca más volvimos a hablar.

Nos sentíamos inseguros. Los ladrones contaban con los datos y claves de acceso a nuestra vida en la computadora hurtada. En ese par de horas llamamos a los bancos para cambiar las claves de las cuentas bancarias; también los accesos a las redes sociales; en ese sentido estábamos un poco tranquilos, pero si hurgaban bien, los ladrones verían el saldo de una cuenta donde Irene había depositado su herencia. Las prestaciones en el hospital donde laboraba eran suficientes y mi trabajo como actuario *freelance* era bueno; pero lo que apuntaló nuestra estabilidad económica había sido esa herencia.

Ernesto, su padre, había tenido una empresa que producía papas fritas y otro tipo de botanas, como cacahuates estilo japonés, enchilados, tostones fritos de plátano y calabazas. Vendía aquellas frituras en la zona norte de la ciudad. Los bocadillos eran baratos, con buen sabor. Cuando su esposo murió, Pilar se dedicó a trabajar en la fábrica y la hizo crecer, según nos contaba Amparo. Antes de irse conmigo, Irene siempre ayudó en ese oficio que detestaba, esforzándose en auxiliar a su madre sólo en algunas cuestiones administrativas, labor que después desempeñaría en el hospital. Había estudiado administración, a pesar del deseo de su madre de que entrara a una carrera de ingeniería de alimentos. Gracias al tesón materno, la pequeña empresa empezó a desbancar a los competidores más bajos del ecosistema de venta al menudeo de frituras; pronto empezó a vender en toda la ciudad y en los municipios cercanos; se hizo de una flotilla de camionetas y una fábrica más grande. Luego la señora enfermó, pero aquella fábrica la mantuvo adelante. Postergó su muerte hasta que el cáncer acabó por comérsela. Una triada de muertes la de mi mujer: su padre, su hijo, su madre.

Tras el fallecimiento de Pilar, la primera decisión que tomó mi esposa fue vender la fábrica. Lloró un largo mes, pero yo sabía que era por el desapego. Una noche me lo dijo:

—Si no me hubiera ido contigo, al menos habría hablado más con ellos.

Aun así, se impuso en Irene un rasgo que siempre la definió: debajo de aquella apariencia frágil, era una mujer práctica. A despecho de la pérdida, terminó por arreglar el testamento, realizó una revisión a la fábrica, charló con los empleados y les otorgó seguridad ante la desaparición de la dueña. Pero me revolvía, alerta, pues temía que la muerte de Pilar le recordara la nuestra. Una vez se lo insinué y me respondió de forma tajante:

—No soy tonta… ¿cómo crees que voy a comparar?

Decidió vender la fábrica tras varios meses de lucha con la administración y las líneas de trabajo.

—No quiero esto —me confesó—. Quiero vivir y ver películas, comer en restaurantes los sábados por la tarde, ir al cine los domingos, viajar, comprarme algunas bolsas de mano en Sears o Liverpool, visitar a los amigos, buscar otro empleo, ir a donde haya gente. Sé que son preocupaciones tontas pero, después de lo que he perdido, estas cosas me mantienen en pie.

Al fin le comentó al gerente que iba a vender la fábrica y que buscara clientes interesados. No necesitó más. Había compradores para el negocio. Irene fijó el precio más alto que pudo.

—Es la vida de mis padres la que voy a vender y un legado que, al final, sí me dejaron —enunció después de una fracasada cita de compra-venta en la que el comprador había regateado—. No puedo regalar ese último gesto.

Cuando la fábrica cambió de dueño, percibí que el ánimo de Irene mejoró. Además, contábamos con más dinero del que habíamos ganado en nuestras vidas. Algo más en ella cambió: empezó a salir más por su cuenta, decidió estudiar inglés por las noches. Notaba cómo se me iba de las manos con una seguridad que no le había visto, pero que me preocupaba. Vender una fábrica es difícil, pero lo es menos cuando sus números resultan favorables. La marca ahora es parte de una empresa trasnacional. Lo último que faltaba para cerrar esa etapa era la nana Amparo. Aún vivía en casa de los padres, tras la muerte de Pilar. Irene iba a dejarle su sueldo con el pretexto de que mantenía limpia la casa y, a veces, de camino de la fábrica, llegaba ahí a comer o cenar. Fue necesario despedirla. La mujer lloró, pero mi mujer la liquidó para que comprara un terreno y pasara sus últimos años sin sobresaltos. Una noche fuimos a la central de autobuses y la vida anterior de Amparo desapareció en cuanto la diminuta mujer se acercó al camión y se quedó unos minutos ante la puerta, volvió a vernos, agitó el brazo y abordó la unidad.

Al fin nos compramos la casa, aunque siempre echamos

de menos aquel pequeño departamento en el que habíamos vivido. Céntrico, cerca del mercado de la ciudad y de los cines, pero apenas con espacio para nada. Los domingos los pasábamos en una lavandería, íbamos a tomar café con las cestas limpias al lado y al volver guardábamos todo en su lugar para tener una mayor área donde movernos. En Navidad colocábamos un árbol de unos treinta centímetros de alto sobre el escritorio que compartíamos.

Al fin tuvimos algunas paredes para colgar cuadros y dar cobijo a mis libros, una cocina con cajones suficientes y ventanas por las que se pudieran colar todas las luces del mundo. Yo le entregué la libertad; en cambio, Irene me regresó una casa amplia y bien iluminada. Ese fue el mundo que me ofreció y que tomé. Ese fue el mundo que descubrí y al que me acomodé como un caracol cuando encuentra una concha más grande de lo esperada. Aún había mucho dinero, el suficiente para vivir tranquilamente unos veinte o treinta años sin mover ni un dedo, pero decidimos seguir en lo de siempre: ir al trabajo, sumar labores, tener una vida cotidiana; así que el dinero, menguado un tanto con algunos viajes al extranjero y la compra del coche y la casa, nunca disminuyó considerablemente. Tenía fecha de caducidad, pero mientras trabajáramos la mantendríamos lo más lejos posible. Nos sentíamos felices y, al ver a algunos amigos con sus hijos en brazos, hablamos una noche sobre el deseo de reintentarlo, sin éxito, hasta que llegaron los *reborn*.

—¿Y si hubiera estado sola? –Irene me distrajo.

La tomé del brazo y le masajeé los dedos de la mano. La abracé.

—Eso no ocurrió… Mira, ya llegó la patrulla —intenté calmarla, sus ojos se fijaron en el espejo retrovisor del coche. En él se reflejó la unidad azul de la policía; tras ella, una camioneta del ejército.

—¿Por qué vinieron ellos?

Afuera: la noche tranquila y el potente haz rojo y azul de la torreta nos molestaba. Al instante aparecieron los vecinos, atraídos como palomillas a una lámpara incandescente por la presencia de los vehículos oficiales. Hasta hace unos minutos nadie sabía del robo; ahora el suceso era lo más comentado. Se presentó ante nosotros un comandante llamado Felipe Cuevas. Era alto, moreno, con cierto aire impaciente. Tras él venían cuatro policías encapuchados y luego los soldados. Un sargento se acercó al comandante e intercambiaron algunas palabras para resolver quién llevaría a cabo las pesquisas. Algunos vecinos se acercaron al coche y el jefe de la colonia, Marcelo, se aproximó para preguntar qué ocurría. El comandante fue corto y severo.

—Caso de robo, inge. Aquí los señores lo denunciaron.

—Hace un par de horas —intervine con molestia.

—No se enoje, inge… pero hoy la ciudad está caliente, además los fines de semana hay más trabajo, usted sabe.

El jefe de la colonia se puso a nuestra disposición pero, ¿de qué servían él y los demás? Eran nuestros vecinos desde hacía cinco años sin mediar acercamientos más allá de lo cordial. Marcelo era un buen hombre, un joven de veintinueve años con dos hijas y una camioneta familiar inmensa en la que algunos fines de semana —según él me lo había confiado— salían a recorrer la ciudad.

—Pues, ¿qué fue lo que ocurrió, inge? —el comandante Cuevas extrajo una pequeña libreta amarrada con ligas que descorrió, y también un bolígrafo de las bolsas de su chaleco. Los soldados detrás de él se empezaron a dispersar y alejaron a la gente, incluido el presidente de la colonia; amenazaban con sus armas largas apuntando al suelo, listas para plantar con sus balas un árbol de municiones.

—¿Es necesario que estén aquí? —murmuró Irene y desvió la mirada hacia los sardos.

—Son protocolos, señora, usted perdone —contestó Cuevas secamente—. Ya no vamos solos a ningún lado. Es por nuestra seguridad.

Con una seña le indicó al sargento que se alejara, luego hizo otra a sus hombres y uno tras otro entraron a la casa. Los seguimos. Cuevas se detuvo ante el rastro de la mierda en las escaleras.

—¿Y eso qué fue, inge?

—Los ladrones se cagaron dentro de un platón sobre la mesa y aquí, tras la puerta, y también en nuestra cama.

—Mala onda, inge.

Cuevas, no tardé en descifrarlo, era de esos hombres que una vez puesto un apelativo no se lo quita a la persona. No sé por qué me decía inge, pero no dejó de llamarme así. Algo anotó y siguió investigando. Fuimos a mi oficina y percibí una sonrisa de complicidad con los ladrones al leer el "Ja, ja, ja" en la pared.

—Qué cabrones son estos hijos de su chingada madre, con el perdón de usté.

Nos relató que los ladrones siempre dejaban un sello, al

menos "a quienes les carbura más la ardilla". En la ciudad había grupos de asaltantes que tenían diversos "recuerdos": unos escribían en las paredes, algunos desperdiciaban la comida y otros se cagaban en los muebles. Al parecer era una vieja tradición entre rateros de ese tipo: zorreros. En la ciudad había tantos que era imposible registrarlos. El comandante sonrió al decir la palabra. Sabían de zorreros que trabajaban al norte, en algunos municipios conurbados metidos aún en las mangas del desierto, colonias rodeadas por campos de labranza y lotes de coches viejos, pero este era el primero de la zona. También conocían un grupo que había robado siete casas en los últimos meses, pero aún no daban con sus procedimientos para buscar víctimas.

–Todo ladrón tiene una forma de seleccionar –nos comentó–. Hay un árbol genealógico del que aprenden, con quienes se juntan. Lo malo es que últimamente hay dos árboles a los que arrimarse para sobrevivir estos días. O están con los de la letra o con los otros.

Irene le contó que aún esperábamos a la gente del seguro, pero el comandante nos explicó que en estos casos siempre llegaban tarde, esperando a que primero apareciera el ejército o la policía.

Cuevas encontró mis libros en el suelo y se inclinó para recoger uno. Leyó el título lentamente.

–*Bajo el puente...* B. Traven –se quedó en silencio unos momentos, apenas los suficientes para que repasara el resto de nuestros libros en el suelo, magullados, abiertos los lomos, rotos los costillares, libros tirados como una delicada ballena desmembrada–. Oiga, inge, ¿a usted le gusta leer?

Una vez leí un libro, hace mucho —añadió el comandante—, pero recuerdo que me gustó bastante porque era de un asesinato de por acá, el de la casa en Aramberri. Y este, ¿de qué trata?

Mi mujer me apretó la mano. Quería contestarle que lo leyera, que aquella era la pregunta más tonta de la noche, pero empecé a describir brevemente la historia de Traven, del gringo que anda perdido en la selva y se mezcla con los indios, de la tarde que lo van a matar. Mis palabras reconstruían los escenarios, el pulso de la prosa. Aquella idea me relajó. Contarle a otro. Narrarle a otro lo que había leído era, dentro de lo malo, lo mejor que podía realizar en ese momento. Relaté el asunto principal de la novela: un ruido sordo que se escucha en el puente sobre el río y que el narrador confunde con la salida de un pez, pero en realidad es la caída de un niño que saldrá del fondo de las aguas cuando una vela puesta sobre una barquilla delate su paradero. El comandante asentía, atento. Proseguí con mi narración de *Bajo el puente* y hablaba ya de la madre y del hijo, de esa madre pobre, que sin una mesa para honrar a su hijo, sin más riqueza que su propio aliento, logra sacar de la nada una corona dorada que ciñe sobre la frente del retoño muerto. Siempre, cuando leo noticias en los periódicos de gente que tiran o queman o desmiembran o cocinan en ácido, me pregunto por sus padres, si sentirán impotencia porque sus hijos se les fueron así, de ese modo.

—Le gustan las historias de miedo, ¿verdad, inge?

El comandante me interrumpió con esa pregunta.

Cuando llegamos a la habitación del *reborn*, el comandante preguntó si los ladrones habían entrado a ese sitio. Le indiqué que no. Me pidió que la abriera. No quise.

—Ándele, inge, no se haga del rogar. ¿O qué guarda?

Alguien nos llamó desde la planta baja e Irene descendió.

—Perdí la llave, comandante.

—A ver, Esteban, trae el carnero, vamos a tumbar esta chingada puerta.

—Oiga, pero…

—¿No será que ahí clavó lo del robo? —el semblante del comandante había cambiado—. ¿O quiere que llame a los soldados?

—Esto no es necesario… —no sabía ni cómo apelar, pero fue Irene quien apareció con un señor tras de ella.

—Ábrele, Alberto.

—Perdí la llave.

—Eso no es problema.

Irene me tomó de la mano, le daba vergüenza o miedo lo que el comandante iba a ver a continuación. El comandante sacó de una de sus carteras una llave universal, abrió la puerta y observó las paredes, los muebles. Guardas algo durante años y con qué facilidad queda expuesto ante los desconocidos para que hurguen y formen con eso una imagen nueva de ti.

Cuevas se acercó a la cuna y miró lo que había en ella. Se quedó unos minutos ante el *reborn*. No lo levantó, pero volvió a vernos con un gesto de curiosa incredulidad. Hizo una seña para que entrara un par de sus hombres a auscultar la habitación.

—¿Lleva pilas? —preguntó, pero más para sí, con un tono casi distraído, azorado.

Descorrió las cortinas. La luz iluminó unas repisas en las que había baterías D y mantitas. Pude ver por la ventana el llano despoblado y, tras él, una pequeña avenida con un par de bodegas, la cuesta coronada por un motel de paredes amarillas con un gran anuncio panorámico. Después se extendía la ciudad en la que sobresalían las alongadas chimeneas de algunas siderúrgicas y edificios. A lo lejos, la silueta del cerro se recortaba formando una caprichosa silla de montar.

Se escuchó el obturador de una cámara fotográfica y el flash iluminó la habitación. Era el agente de seguros que había llegado con Irene. Vestía un traje café y una corbata blanca. Se presentó como Alfonso Arrache. Con el hombre de los seguros, la diligencia fue más ágil. Tomó muchas fotografías a la pared rayada, los muebles con zarpas, la mierda sobre el colchón matrimonial que aún no limpiábamos. Una hora después se fue la policía seguida por los soldados, pero el comandante Cuevas, antes de irse, se acercó y masculló:

—Inge… no vaya a remover el caldo, ya ve que está muy aguado —fue su indicación, y luego me mostró el libro de Traven—. ¿Me lo presta?

No sé si quería mostrarse simpático con nosotros. Era inusual que un comandante leyera, o eso creía. Lo que deseaba era que nos dejaran solos, aunque el hombre de la aseguradora nos informó que aún debíamos llenar alguna papelería.

—Esos hombres no son de fiar, señor Juárez, si no hay

dinero para ellos no mueven ni un dedo. Nosotros podemos asesorarlo, usted llámeme.

—¿Cree que localicen a los ladrones? —le pregunté a Arrache.

El agente titubeó.

—Es muy difícil. Sólo le voy a aconsejar que no queme su dinero en los bolsillos de ese policía.

Me extendió una tarjeta en la que apuntó al reverso su número de celular. Cuando también él se fue, la calle estaba desierta desde hacía rato. Irene me esperaba con su par de guantes puestos. Dijo que debíamos sacar la cama. Tuve arcadas al limpiar aquella mierda. El colchón pesaba mucho porque llevaba toda nuestra vida en sus resortes y tela. Estábamos cansados cuando lo lanzamos al porche y lo dejamos ahí, con aquella marca café descorrida.

—No quiero dormir aquí, ¿y si vuelven?

—No volverán.

—Alberto… tengo miedo. ¿Podemos quedarnos en otro sitio esta noche?

—Pero no volverán.

—Por favor…

Dejamos atrás la casa con la puerta abierta, la sala desordenada, con risas tatuadas en la pared. Conduje fuera de la colonia y no tardé en dar con el motel que había visto desde siempre sin saber que un día buscaría una habitación. Solicité una para la noche. Aburrido, el viejo en la recepción me entregó la tarjeta de acceso. El hombre vestía una playera de futbol de la selección inglesa y, cuando me dio la espalda para recoger la llave, descubrí una enorme cicatriz que le recorría el cuello: un surco de bordes gruesos, amontonados, con su historia.

Entramos al cuarto y solté a Abril, que se puso a husmear bajo la cama. Desde la tarde había estado lamiéndose en demasía una pata. Era un tic que la atrapaba después de cambios bruscos. Si no se dejaba de lamer sería necesario llevarla con el veterinario. Se lamía hasta herirse la piel: la espinosa lengua de los felinos que raspa aún bajo la carne.

Irene entró al escusado, casi podía palpar su silencio desde que nos habíamos quedado solos. Se tardó un rato en el sanitario. No sé si lloró, pero al salir se había lavado la cara, y húmedas mechas de cabello se pegaban a su nuca. Se tiró a la cama sacándose los zapatos con ayuda de los pies.

—Podemos irnos a un mejor hotel —le comenté cuando, al encender la tele, surgieron las imágenes de un canal de porno.

—Aquí está bien, sólo quiero dormir.

Abril saltó hacia nosotros e Irene la acurrucó en su regazo, abrazándola como a una recién nacida. Bajé el volumen de la tele pero no la apagué. La gata se dejó acariciar y ronroneó sin demora.

Intenté dormir y soñé con recién nacidos que crecían en mi cabeza; con dolor, explotaban tumefactos. Uno trepaba hasta mi pecho y me quitaba el aire. Los ahuyentaba a golpes o patadas, pero otros lograban subir. Oía su corazón débil zumbándome burlonamente en el oído. Su corazón sonaba como el engrane de un reloj. Luego el bebé se quedaba quieto y era como un insecto negro, el pobrecillo.

Volvimos dos días después. El colchón seguía recargado en el muro exterior. La puerta permanecía abierta. Irene descendió con la transportadora donde venía la gata. Me asomé para ver a Abril, que dormía. En su pata delantera ya roseaba la carne al vivo de tanto lamerse. Empujé la puerta para recibir una brisa un tanto helada. Recorrí los pasillos. Mi oficina. La cocina. Mis dedos se deslizaron sobre la superficie de la mesa. Una sensación de invierno habitaba en aquellas paredes. Moví con la punta del pie la basura que se había llenado de polvo.

En esos días en el motel no habíamos hecho otra cosa que ver televisión y comer chatarra. No habíamos querido irnos a otro sitio, aunque el hombre de la recepción nos lo sugirió una vez. Por alguna razón, deseaba estar cerca de casa. Frente a la ventana de la habitación había una pared larga y alta, pero tras ella podía ver la colonia.

Ese lunes nos despertamos en el motel a la hora de siempre. Irene me preguntó si iría a trabajar y le contesté que no sabía. Ella tomó la decisión por los dos: habló al hospital y a la oficina y contó lo ocurrido. Sí, nos robaron, sí, estamos bien, pero debemos resolver algunas cosas. Sí, me reportaré pronto. Desayunamos pizza, y por la tarde salimos a comprar algo de despensa que terminamos por abandonar en el clóset de la habitación. No abrimos ni el yogur ni la leche, sólo el pan y un paquete de jamón.

A veces nos llegaban los quejidos de sexo en los cuartos cercanos. Una noche, el insomnio adormeció mi deseo de mantenerme en la cama y decidí dar un paseo por el estacionamiento. Un hombre muy viejo, calvo y gordo, salió de un cuarto con una chica de no más de veinte años vestida con una blusa rosa y pantalón de mezclilla que remarcaba la firmeza de las nalgas. Dejaron abierta la puerta de la habitación, así que apenas se fueron entré a curiosear. Habían hecho el amor encima de la sobrecama que se encontraba arrugada en una esquina, las almohadas también estaban ahí. Encontré el envoltorio del condón arrumbado a mitad del camino al sanitario. Me pregunté si así era como los ladrones habían visto la casa, si todo hurto inicia con un atisbo de curiosidad a la vida de los otros que terminará convirtiéndose en una apropiación. Un par de botellas de cerveza Bruna se encontraba sobre una repisa. Encendí la televisión y, sin sorpresa, la descubrí sintonizada en un canal de porno. Gotas de agua manchaban el espejo del lavabo, restos de pasta de dientes. Me senté en la cama y pensé que debía masturbarme. Cuando volví a la habitación busqué a Irene, pero me detuvo: no iba a tener relaciones en ese sitio. Aquello la hizo reaccionar y por la mañana decidimos volver.

Irene cerró la puerta, soltó a la gata y empezamos a limpiar las habitaciones. Regresé a mi oficina provisto con una tina con agua y jabón. Empecé a tallar la pared. La pintura cedió a los primeros empellones. Quedó una mancha rojiza, sangre lavada con desorden sobre una alfombra blanca. En la sala, Irene ya había amarrado dos bolsas de basura y empecé a acomodar mis libros golpeados.

Salí de la oficina y me tiré en el sofá. El colchón que sacamos al porche impedía que la luz entrara de lleno por la ventana. Irene batalló para extraer el aceite dentro del horno y se cansó al igual que yo. Algo en aquella situación nos minaba.

—¿Quieres que nos regresemos al motel? —Irene negó con la cabeza.

—No.

—¿Entonces?

—Pues no sé qué quiero… ya me cansé de limpiar… ya no quiero estos muebles, los odio. Nada más de imaginar que los pisotearon, que se subieron. Alberto, ¡se cagaron en la cama! ¿Quién sabe qué más cochinadas hicieron?

—Y, ¿qué sugieres? —me encontraba fastidiado.

No me respondió, pero noté que curvaba los labios.

—Ayúdame —me ordenó.

Nos pusimos en pie y fuimos hasta la cocina. La estufa se hallaba empotrada a la cocineta. Irene empezó a jalarla de un lado y la auxilié. La deslizamos lo suficiente para que pudiera desconectar la energía y cerrar el paso del gas.

—¿Estás segura?

Volvió a verme con cierto enojo.

—Tú me dijiste que me ibas a apoyar, ya no quiero esto. No es un berrinche, antes de que me lo digas… Es sólo que ya no lo quiero.

Al principio quisimos cargar la estufa pero terminamos arrastrándola. Sacamos el resto de nuestra ropa y las cortinas, zapatos, un respirador artificial, cajas con medicinas de la madre de Irene, otra donde guardaba vieja publicidad de la empresa. El jardín delantero y la cochera se llenaron con mesas en las que vasijas edificaban nerviosos torreones, lámparas que contenían otras, licoreras sin alcohol. Casi al atardecer, apareció el presidente de la junta vecinal.

—Vecino, buenas tardes. ¿Van a realizar una venta de garaje?

—Sí —lo atajó Irene—. El fin de semana le mando la invitación.

Marcelo sonrió de mala gana.

—Está bien, la espero, aunque, ¿no era mejor sacar todo hasta el domingo? Apenas es martes y puede llover, mire cómo se ven las nubes.

No había ni pizca de ellas.

—Usted no se preocupe —insistió Irene.

Al caer la noche estábamos exhaustos. Sentí una felicidad extraña al quedarnos sin nada… pero entonces distinguí que Irene se hallaba molesta, fastidiada, veía cómo sus dientes apretaban la pulpa interna de los labios. Irene alzó el rostro y dirigió la mirada hacia la habitación del *reborn*. Unos vasos de vidrio cayeron afuera y el sonido del cristal roto me causó cosquillas en el estómago. Abril no había bajado durante el trasiego.

Descubrí que tenía años queriendo expulsar los muebles de la casa y el robo me lo revelaba. Al fin tomé un respiro. ¿Quién no ha querido arrasar con el paisaje gris que exhiben los muebles de su casa? Amamos una mesa, una taza, un comedor de cierto color que siempre ha estado ahí, las cortinas que compramos no sé dónde y un día descubrimos en ellos el conjuro de cierta derrota imposible de abjurar; en lugar de romperlos y deshacernos de ellos los reacomodamos, les damos otra luz, los cubrimos con otros tapices, pero siempre estarán mostrándonos lo que somos: el acto fallido que vivimos.

Afuera quedó lo que los ladrones no se habían querido llevar. Me sentía incómodo. La casa, a pesar de nuestro ánimo, parecía habitada por una entidad ajena, porque en realidad no habíamos extirpado de ella lo que debíamos ya que la habitación del *reborn* seguía intacta. Todo lo nuestro afuera, el horror adentro.

–¿Quieres sacar las cosas del *reborn?* –le pregunté.

Nos encaminamos a la habitación. Recordé algo que me había sucedido al menos durante el primer año de vivir ahí. Algunas noches me despertaba el llanto infantil en la habitación contigua. Creí que provenía de mis sueños. En la duermevela, el mundo real y el onírico se disputan lo cierto. Una noche me levanté de la cama y seguí el llanto. Era débil, apenas con la energía de un quejido. Fui al cuarto, pero nada. Revisé los cuartos de la planta alta y, cuando terminé, el llanto había descendido a la planta baja. Lo busqué en la sala, en la biblioteca, pero el llanto no se dejó encontrar. Me tiré en el sofá, apenas si cerré los ojos y, al despertar, me encontré de nuevo en la cama, oyendo aquel sonsonete trémulo…

Tal vez en los sueños sí pueda ver a mi hijo. Tal vez al dormir inicia el mundo donde vuelve lo que perdiste en el otro. Tal vez porque recordé eso mientras nos acercábamos a la habitación mis nervios se paralizaron. ¿Ya no oiría, en la noche, el llanto de mi hijo, el lloriqueo de los vástagos muertos? Me quedé quieto ante la puerta. Pasé saliva. Irene volvió a verme con la misma duda. Pude oír, en ese momento, tras la puerta, el llanto del *reborn*, chillaba porque alguien le había puesto las pilas de nuevo, oímos el lloriqueo mecánico, esa queja eléctrica que salía del minúsculo parlante puesto bajo el cráneo de plástico. Podía escucharlo más y más nítido, volviendo desde el fondo de la habitación hasta el pasillo. ¿Y si el *reborn* había recobrado la vida, retomado su aliento, si un dios mineral y constructor hubiera soplado sobre sus narices frías? El llanto estaba ahí, latía, cerca de la puerta ya. A un gateo. A dos. Abril apareció al fondo del pasillo y huyó por la puerta en sentido contrario pero, antes de alejarse, erizó su lomo y maulló con violencia. Nosotros, sin movernos. Estaba sudando. Tenía la garganta seca.

—Es la hora de darle de comer —anoté con desánimo.

Toda la culpa la habían tenido los ladrones; no por los muebles hurtados ni la mierda cuyo olor sentía en mis narices, sino por la puerta clausurada que había dejado libre lo que escondíamos. Afuera, del otro lado de la pared, en mi otra vida, siempre llora un pequeño. Cerca de mi oído. Llora detrás de un muro que no puede franquear. Está en la

358704207
REN9607316BT
9786074111828
[1]RFID Envisionware

SPANISH FICTION Ramos, A.

Los ultimos hijos /

33029106633811

**

**

**

sala, en el patio, en los arcones de la casa, en mi trabajo. Todos los días lo escucho. Aquí, pegado a mis suspiros. Siempre detrás de la habitación clausurada. Un hijo renacido en mí. Sí, mi hijo había muerto pero: ¿quién podía matarlo en mi imaginación? ¿Quién le decía a ese fantasma, a ese puñado de palabras que no existía? ¿Cómo le ordenaba que dejara de respirar, que se quedara en silencio, que todas sus palabras se marchitaran? Esa alma que vive en mí nunca podrá ser corrompida por la muerte.

Al fin, abrimos la perilla. En la cuna lloraba el *reborn* desnudo. En nuestra ausencia, mientras atendíamos al comandante Cuevas, algún policía le había colocado pilas nuevas para ver su funcionamiento y no lo habían vuelto a vestir. Lloraba para que lo cargáramos. Lo levanté un poco y el *reborn* reprodujo sonrisas: ¿quién habría sido aquel bebé real a quien habían grabado? ¿Tendría muchos años aquel sonido guardado en *bytes*, listo para ser reproducido hoy, mañana o dentro de mil años? ¿Sabría algún hombre o mujer que su risa infantil andaba grabada por el mundo, suelta como una mentira? Un escalofrío me recorrió la piel cuando el *reborn* moduló su sonrisa al sentir la presión de mis manos.

—Suéltalo —me advirtió Irene.

Salimos de la casa, expulsados nuevamente. Irene temblaba de miedo. Me senté en una de las sillas del comedor que habíamos tirado sobre la banqueta. Irene hizo lo mismo en otra cerca de mí. Sin tomarnos de la mano observamos, bajo la luz de aquella luna moribunda, los muebles que eran un barco encallado en una playa de huesos.

Alrededor de la una sonó el teléfono. Era Bernardo, uno de los amigos de Irene, de los pocos con los que había hecho un lazo en el hospital. Nos preguntó si estábamos bien. Teníamos varios días sin ir a nuestros trabajos. Del hospital le habían telefoneado para preguntarle si quería volver o tomaba esos días como parte de sus vacaciones. En mi oficina me pedían que tomara la misma decisión.

—La verdad, no tengo ganas de trabajar –gruñó Irene en cuanto cortó con su amigo–. ¿Y si nos tomamos un sabático?

La idea no me gustó. El trabajo era lo que nos mantenía al margen de la desolación. Nos mantenía prácticos. Apenas perdimos al bebé nos habíamos quedado encerrados un mes en casa. Pasé por una época de mucho coraje. Cuando volvía al mundo en las redes sociales me llegaban noticias de algunas conocidas y sus embarazos. Al ver aquellas fotos felices, ecografías que todos colgaban en sus muros con singular alegría, me producía tal escozor que deseaba se les murieran sus hijos porque entonces, con las cunas vacías y el dolor atravesando sus corazones, sabrían lo que era perder a uno, y conocerían mi vergüenza o tendría alguien con quién compartirla.

Una noche volvimos a tener relaciones, toqué el vientre de mi esposa, coloqué mi mano donde había estado nuestro hijo, débilmente, temeroso ante una descarga eléctrica, y terminé eyaculando dentro de Irene tras moverme con impaciencia. Irene se levantó de inmediato, tiró las colchas al suelo, fue al baño, se encerró con llave, oí el agua de la regadera. Estaba desnudo ante la puerta cuando salió.

—No quiero que lo hagas de nuevo.

Me dieron ganas de ahorcarla. ¿Cómo recuperaríamos a aquel hijo perdido?

Esa semana fue insoportable vernos. Salía de casa y vagabundeaba por las calles atestadas de negocios, huía de las cloacas abiertas, de la zumbona música de vallenatos y norteñas que escupían los estéreos en los puestos callejeros donde se vendía música pirata. El sol no volvía más fáciles aquellas caminatas. El sol cortaba.

A veces, sin querer llegar a casa, me sentaba en restaurantes de medio pelo y permanecía ahí las horas. En ocasiones me metía al cine para perder el tiempo en dos o tres películas seguidas pero, a donde fuera, siempre aparecían mujeres embarazadas o con niños aún en brazos, mujeres tristes con vientres voluminosos o que andaban con su panza como un trofeo, colocándose las manos sobre ella con cierta displicencia. Un fin de semana vi a una chica preñada que protegía su vientre con una medallita de la virgen de Guadalupe. La empecé a seguir. Me interesaba andar su recorrido, ver en qué se detenía. Tras entrar a varias tiendas de telas y mercerías, abordó un camión y subí con ella. Todo el camino, con la ciudad quedándose atrás, observé la cabellera, el cuello, cuando la chica giraba el rostro para ver por las ventanillas de la unidad. Bajó en una colonia popular y la seguí. Me llamaba la atención que, a pesar del embarazo, tendría unos seis o siete meses, vistiera como adolescente, con unos jeans apretados, una blusa sin mangas con un escote generoso y aquella medalla. Se había peinado con una larga coleta y su maquillaje le iba perfecto. A veces, al caminar, se sobaba la panza en donde el ombligo ya se había botado. Pasó por una carnicería y entró. Al salir, me descubrió. Noté su turbación, así que no fui tras de ella de inmediato. Empezó a caminar más rápido. Yo: tras de ella, lentamente. La chica volvió el rostro varias veces y después se metió en una casa. Me crucé la acera y pasé delante de aquella vieja construcción en la que hondeaba una bandera de un equipo de fut. La casa tenía un porche con dos mecedoras. Me detuve frente a ella, luego vi que se movía una cortina, unos segundos después apareció una mujer mayor con un cuchillo en la mano. La saludé con prisa, descubierto, y emprendí mi camino. Una calle adelante abordé un taxi. Sudaba por la excitación y por haber ido tan lejos.

Ahora me sentía completamente desanimado para cualquier cosa. Hablamos con el comandante Cuevas para ver si contaba con alguna noticia de los ladrones, pero sin resultados.

—Nada, inge. Ni de su robo ni de los muertitos.

Alfonso Arrache, cuando le preguntamos si ellos habían seguido con sus investigaciones, nos sugirió recuperar lo perdido, pero nada más.

Esa tarde salimos a un centro comercial a buscar muebles. La idea de reamueblar había animado a Irene pero, cuando llegamos a las tiendas y perdimos la vista entre aquellos inmóviles ejércitos de lavadoras, secadoras, sofás y camas, algo en mí se oscureció.

Me encontré a Marcelo la semana que regresamos al trabajo. Esta vez nos amenazó con llamar a los servicios municipales para que recogieran nuestra basura.

El día siguiente llovió. La lluvia produjo sonidos distintos al caer sobre vidrios, cubetas, mesas, sillas, la lluvia sanguínea derramada en el suelo. Tras ella, apareció la humedad, su olor se asentó frente a la casa.

—Ya es hora —le dije a Irene.

Al día siguiente apareció el Torton que había contratado para que se llevara todo y, minutos después, una camioneta que recogía muebles y cacharros.

—Oiga… ¿podemos ver qué nos sirve? —murmuró un muchacho flaco, con el cabello revuelto, con un cigarro en su oreja.

—Arréglense con el chofer —y señalé al conductor del tractocamión.

Durante media hora, los ropavejeros ayudaron al chofer a subir nuestras pertenencias, después de acordar qué se iba a llevar cada quien. Nuestros muebles, incluso mojados, eran una pequeña mina. Los chicos soltaban carcajadas durante el trabajo. Los escuché trajinar alrededor de una hora.

—Patrón… ¿también el colchón está libre? —me asomé por la ventana y asentí.

—Sobres, morros —dijo el joven y arrearon el colchón mojado.

Dentro, sólo quedaban nuestros libros, los papeles importantes de la casa y el banco. En nuestra recámara había un hule esponja sobre el que dormíamos y que hacía juego con algunas sábanas que compramos para sortear el frío. Nada de televisión. Ni internet. Ni radio. Qué raro resulta una casa sin ruido, sin muebles. Luego todos se fueron.

Pasado el mediodía, salí al porche y descubrí el espacio vacío; no quedaba ni un vestigio de que ahí hubiera habido algo, salvo algunas marcas sobre el césped. Quedaba algo de ropa, poca, basura, acaso. Y entonces vi el cidí. Estaba abandonado justo en el sitio donde Irene había lanzado la mierda. Estaba dentro de una funda transparente y el sol le arrancaba un destello. No sé si lo puedo explicar. Ante el resplandor, recordé las sensaciones del día del robo. El vértigo me invadió. Olí de nuevo la mierda sobre la mesa de comedor que ya no existía. Me acerqué al cidí, lo recogí; en una hoja de libreta pegada con cinta, leí una frase que conocía: "Ja, ja, ja". Y una amenaza.

Los ladrones habían vuelto a visitarnos.

Encienden la cámara y enfocan hacia la puerta corrediza trasera. La luz del atardecer ilumina la cocina: un amplio destello barre el lente. Uno dice:

—Pinche madre, ya se prendió.

Otro contesta:

—Así déjala, pa'que se cabreen.

Hay risas.

—Güey, ¿qué? ¿Nos ponemos las madres esas?

—Nel, cabrón, que nos vean si quieren.

Luego dejan la cámara sobre la mesa del centro de la sala. Por unos minutos se escuchan risas y objetos que caen. Alguien golpea una puerta. La posición de la videograbadora sólo permite ver el raso de la pared y una esquina de la ventana delantera de la casa. Los ruidos van en ascenso. Las risas también. Voces rasposas con cierto tono chillón.

—¡Vergas, mira lo que encontré!

—A ver…

—Tráete la madre esa.

Vuelven las carcajadas. Llegan por la cámara, la levantan. La imagen se vuelve inestable mientras suben las escaleras.

—Apunta ahí.

Sobre el colchón está el joyero de Irene y, diseminadas sobre la cobija, las pulseras, relojes, aretes y cadenas de oro. Las revuelven. Se ríen. Uno toma un puñado de joyas y las acomoda en la bolsa delantera del pantalón. No muestran la cara.

—¿Cuánto crees que valgan?

La voz fresca, casi infantil.

—Hay que preguntarle al Tieso.

—No seas pendejo, no digas nombres.

—Y qué pedo, ¿a poco te culea la vaca esa? Ándale, mira, por aquí. Por eso nos'tamos grabando, ¿no? Pa'zurrearlo.

Hay un silencio y luego se vuelven a reír. Aparece el rostro del tipo con la voz chillona ante la cámara. Tiene las pupilas cargadas de nada.

—Soy yo —nos dice—, hijo de tu pinche madre. Soy yo, marica, jotito —risas.

Luego alguien agrega:

—Nel, a esa vaca me la chingo cuando quiera y a su vieja me la cojo. Está flaca, pero culona, te la voy a meter, cabrona, te voy a partir en dos, cabrona, y que tu bato mire.

Entonces aparece otro de los ladrones. Su piel es cobriza, lleva el pelo a rape y tiene una mandíbula apretada. A diferencia del anterior, a este sí le puedo distinguir una soltura diferente, se siente a gusto al dejarse ver por completo. Se acerca a la cámara y dice con voluntad, mostrando los incisivos más desarrollados mientras se pasa la lengua por los labios, mientras forma con las manos el cuerpo imaginario de Irene, la tiene ahí en la mesa, empinada, con las nalgas al descubierto, las manos atadas por un cordón:

—Te la voy a romper, mamita, cuando termine contigo no podrás coger de nuevo.

El rostro se aleja. Más risas. Ponen frente a la cámara una de nuestras fotos. La mueven de un lado a otro, tiembla. Se ríen. Es una donde Irene y yo estamos en Guanajuato. Logro ver un callejón que lleva de la plazuela, frente a una iglesia amarilla, a la calle donde inician las escaleras de la universidad. El sol nos da en el rostro y por eso tenemos los ojos entrecerrados, por el golpe de la luz.

—Estos cabrones sí tienen varo, ¿eh?

—Como las putas vacas de este lugar.

Mueven la cámara y bajan con ella. Es entonces cuando descubren a Abril. La gata no les tiene miedo. Se sienta sobre sus patas traseras y aguarda. Distingo a un tercer hombre que, al parecer, se encuentra en la puerta de entrada, pero que sólo hasta ahora es enfocado. Su voz es oscura y firme cuando dice:

—Pinche animal huevón.

Es muy delgado, de tez aperlada. Tiene un rostro chupado, labios gruesos, frente mediana. Se maneja con cierta autoridad. Lleva puesta una camisa con el logo del PRI que dice: "Primero tu bienestar". Desgastada.

—Vergas, ¿y el gato, don?

—Dejen de estar chingando y muevan el culo, pero en chinga, no tenemos todo el día.

Se acerca a donde está Abril, la levanta, le acaricia el mentón.

—Ven, grábame –le dice al otro. El tipo va hasta la cocina, hurga en los cajones y extrae una bolsa de mandado. Abril no lo esperaba cuando la meten en ella y el don amarra las asas. El hombre sonríe a la cámara. Toma la bolsa y le da una patada tan fuerte que la lanza al fondo de la habitación. Abril chilla. Maúlla con furia, quiere salir de su prisión, se zarandea. La enfocan, pero la gata no se puede mover. Ahora empieza a maullar con mucha tristeza, quejándose, sorprendida. El ladrón mayor sonríe.

—Un gatobalón.

Pasan unos minutos sin nada más que el ruido de los objetos. Una voz parte esos segundos inmóviles:

—Oye, hay una habitación para ti, allá arriba, Choche la abrió.

Pausa. *Play.*

—A ver, ve a mirar qué encuentras.

La cámara sigue en las manos de uno de los ladrones.

—Te vas a papear, Caro, encontré muchas cosas para tu chamaca.

La chica camina de perfil y es la única que lleva la cabeza cubierta con un pasamontañas. Está embarazada. Su vientre es voluminoso, tanto que camina con torpeza, tal vez se halle en el último mes de embarazo. Viste de verde. Pantalón militar. Blusa rosada, amplia. Tiene pechos grandes. La cámara sigue en las manos de uno de los ladrones y enfoca, sin intención de hacerlo, el cuerpo grande a causa del embarazo, la espalda ancha, las nalgas caídas de Caro.

Luego observo escalones. Llegan al cuarto del bebé. La puerta está abierta. Acomodan la cámara sobre un mueble, así que tengo dominio sobre la habitación en su totalidad. La chica duda. Un ladrón tira los pañales y otro mueve la carriola con desprecio. El que traía la cámara se acerca a la cuna y le ordena a Carolina que avance. Esta recorre la habitación con la vista, su rostro protegido con un pasamontañas le agrega un tinte de misterio a la escena; al fin apoya la mano sobre el cunero, se inclina y levanta al bebé falso que alza a la altura de sus pechos. (Quisiera detener ese momento. ¿Qué piensa Carolina? Puedo ponerle *stop* a la grabación, pero no puedo, más bien, ya lo he hecho varias veces. La he visto nueve, diez veces, justo ahí, con el *reborn* en sus brazos mientras en su vientre se mueve el hijo que sí habrá de nacer. La imagen continúa.) La chica suelta al bebé como si este la quemara. Carolina se lleva la mano al pesado vientre. Es muy joven, con seguridad es familiar de alguno de los rateros, no hay otra razón para tanta cordialidad. La chica observa la habitación, se limpia un sudor que cree tener en la frente. Desliza la mirada por la carriola y entonces, tajante, agrega:

—No, no hay nada. No quiero nada. Ya vámonos.

—Pero son un chingo de pañales.

—No quiero nada.

Caro sale rápidamente.

—Caro, anda.

—Que no, no quiero nada.

Abandonan la cámara y, por minutos, veo el cunero, las paredes, la forma como el sol germina sombras en el suelo o en las paredes, la carriola estática. No dejo de pensar en Carolina, a quien empecé a llamar con familiaridad, mientras escucho a los ladrones en su festín. Pasan alrededor de quince minutos en los que sólo es la luz del sol lo que se mueve ante la cámara: una blancuzca luz sobre muebles y objetos para bebé, luz inmóvil, sin historia. Escuchamos otro maullido de Abril. Pasado algo de tiempo, un ladrón regresa por la cámara y la lleva a la planta baja. Abril sigue en el interior de la bolsa. La levantan y los ladrones se la pasan de un lado a otro. Abril se les cae varias veces.

—Órale cabrón, ya quémenla.

Carolina pasa en un par de ocasiones con objetos en la mano, como bolsas y ropa. No voltea a la cámara. Se escucha que abren la puerta. Un ladrón dice que si ya es hora de sacar las cosas y el don responde que sí.

—¿Qué hacemos con los libros? —pregunta uno.

—Nada… llévense unos para venderlos, pero los que vean valiosos; de veras que hasta para valer verga, valen verga.

—¿Los videos?

—Échenlos, pero rápido.

Unos minutos después, uno dice:

—Este huevudo lee mucho.

El ladrón mayor le responde:

—Por pendejo.

Luego veo que sacan nuestras cosas; más bien, oigo cómo trasiegan con ellas porque la cámara está hacia la pared de mi oficina. Todo lo que veo me parece sacado de otra realidad. No han pasado ni diez minutos y, al parecer, los ladrones ya terminaron.

–Tráete esta madre.

Suben la cámara a nuestra habitación. El ladrón mayor revuelve las cobijas y las quita.

–Grábame.

Entonces se sube a la cama, le cuelga el miembro arrugado, pequeño, cuando se baja los pantalones y empieza a cagar. El que sostiene la cámara se ríe y dice:

–Pinche cabrón, ¿pues qué comiste? ¿Mierda o qué?

Luego usa una cobija como papel higiénico. Repiten la operación en la mesa, pero uno pone el platón de alpaca.

–Pa'que sepan lo que's comer mierda.

Ríe. Ni los otros ladrones ni la chica vuelven a salir.

–¿Dónde está la gata? –pregunta el señor–. ¿Ya la quemaron? No sean maricones.

La cámara vuelve a apuntar al suelo. Escucho:

–Échale el aceite para que salga sanguansita.

–Chingado, no enciende. Busca cerillos.

Risas. Carcajadas.

–No prende.

La meten al horno.

–Vámonos, cabrones.

Ya están casi afuera cuando el ladrón adulto toma la cámara y se enfoca. Se ríe:

–Ni se les ocurra buscarnos, nosotros mandamos, todos están de nuestro lado. Órale, cabrón. Y esto es nada más para que aprendan a no meterse con nosotros, culeros.

Dice "culero" con toda la saña posible, con una rabia que sale con una aspereza impensable. Luego el don le ordena al otro que apague la cámara y este dice que sí, pero en realidad sigue filmando. Salen de la casa. Dejan la puerta abierta. Suben a un destartalado camión de mudanzas. Giran de reversa y se alejan. Lo que deseo es ver a Carolina. La chica estornuda pero no vuelve a aparecer. La cámara va en las piernas de uno de ellos. El ladrón se ríe y dice:

—Pendejos.

La chica pregunta qué van a cenar. Uno dice con desgano:

—*Burguers.*

Se termina la grabación.

El comandante Cuevas apagó la televisión y dejó escapar un suspiro que terminó en una mueca de cansancio. Estábamos en silencio. El video seguía asombrándonos; no lográbamos decir nada ante las escenas. Cuando los ladrones dejaron con aquella frase el video frente a la puerta de la casa, no podía imaginar de lo que se trataba.

¿Quién se graba y después entrega la grabación? Irene quiso pausar el video cuando apareció la chica embarazada y cuando realizaron el cameo de la habitación. Sus dedos tamborilearon sobre la mesa cuando Carolina volvió a salir. Irene detuvo la grabación otra vez. Era el momento en que la chica se limpiaba el sudor. No la veía enojada con ella, podría afirmar que sentía lástima por los ladrones, en especial por la chica y más cuando Carolina dijo que no sacaran nada.

—Es que está embarazada, Alberto… la llegan a pescar y, ¿dónde nace el bebé? Tiene miedo —dice Irene—. Nos tiene miedo.

Volvió a verme y apreté los labios.

—¿Y cuándo dice que lo recibió, inge?

—Hace como dos días.

—¿Y por qué no vino de inmediato?

—Porque… No sabíamos qué hacer hasta que hablamos con la gente de la aseguradora…

—En estos casos hay que meterle mucha celeridad, inge, no ser huevón. ¿Ya vio ese programa de las primeras cuarenta y ocho horas? Pinches gringos, en todo están.

El comandante se removió en su silla y le dijo a un subalterno que le entregara el disco.

—Hazle una copia, mijo, y luego me la traes.

Alfonso Arrache había decidido acompañarnos y tomaba apuntes en su libreta.

—También quiero una, si me hace el favor, comandante.

Cuevas chistó e hizo una seña con los dedos índice y medio para que se le acercara un subordinado.

—Pues no sé qué quiera que hagamos, inge —se molestó el comandante.

—Pues buscar a los ladrones.

—Pero luego, ¿qué quiere que hagamos?

Me quedé callado mientras sentía cómo el coraje se condensaba en mi nuca.

—Perdón, comandante —intervino el hombre del seguro—. Queremos saber cómo van las indagaciones. Mi compañía…

—Ya sé de su compañía…

—Al menos, ¿ha habido progresos? —Irene se envalentonó y eso fue lo que fastidió a Cuevas.

—Mire, licenciada. Los robaron y eso está muy mal. Hemos investigado, sí —y, al decir esto, el comandante se llevó las manos a la boca y se atusó la barbilla lampiña—. Pero… ¿no vio las noticias de ayer y de antier? Nos aventaron como a quince muertitos por toda la ciudad y la verdad, eso tiene prioridad. La violencia está tan cabrona que da miedo. La veo y miedo que me da la muy verga, con perdón de usted. Un día a todos se les va a olvidar, pero hoy no. No le voy a decir que no hay nadie investigando, tenemos a nuestros mejores hombres en esto, pero es difícil; mire, voy a sacar fotos del cidí, todavía no sé cómo madres haremos eso, pero informática se encargará y las mandaré pegar en las cabinas de todas las Chargers de la policía para que los muchachos detengan a cualquier sospechoso; pero, ¿sabe cuánta gente se parece a esta? Todos los pinches prietos se parecen, ¡como los negros!

—Deberían buscar entre los ropavejeros de la zona —intervino el señor Arrache.

—Ya… sí, también cuente con eso, inge.

—E ir a los mercados de segunda, a las tiendas de empeño cercanas, sé que ahí se venden muchas cosas robadas —intervine.

—Ya… —el comandante bufó.

—Mire, inge, pues si tiene tan claro cómo es una búsqueda policial, pues, dígame dónde estudió para meter a unos cursos a toda esta ristra de huevones.

Nos quedamos callados. La oficina del comandante Cuevas olía a cloro y el aroma me fastidió.

–Tiene razón, comandante, usted perdone. Esperaremos noticias. Muchas gracias por su atención.

El señor Arrache se puso de pie e hizo una seña para que saliéramos con él. Afuera corría un aire muy fuerte y caliente, cómo se antojaba meterse en una cantina.

–Es una lástima, Alberto, pero es mejor pararle con esto. Si los ladrones regresan es por algo… han de estar coludidos con el comandante o con alguna corporación.

El señor Arrache se alejó. No sabíamos ni qué decir. Subimos al coche y, al llegar a casa, nos sentamos en el suelo, frente a la pared blanca. La tarde empezaba a formarse afuera. Abril se encontraba vuelta ovillo en las escaleras.

–Hay que barrer –sentencié al ver el pelo de la gata que empezaba a acumularse en las esquinas de la casa–. Hay que buscarlos –agregué–. Quiero saber quiénes son, por qué se grabaron, por qué tanta saña contra nosotros. Quiero ir tras ellos –anhelé tener una cama en la cual extenderme, una sábana limpia, almohadas en dónde quedarme dormido. Sin menaje, qué ridículas son las casas–. Quiero saber por qué la chica respetó el cuarto del *reborn*.

La compañía de seguros se encontraba cerca de casa. Alfonso nos solicitó que lo acompañáramos a una sala de juntas donde nos entregó los papeles con los que la aseguradora compraba nuestras pertenencias robadas. Irene firmó y, ahí mismo, nos entregaron el cheque que ella guardó en su bolsa. Arrache nos dio malas noticias. Para la empresa era inviable seguir adelante con las investigaciones.

—Lamento haberlos conocido en estas circunstancias. Miren, no puedo realizar más gestiones, pero déjenme acompañarlos a su coche. Vamos.

Salimos y Alfonso nos alcanzó minutos después y nos entregó una tarjeta:

—Lo que les conté no fue una mentira. La aseguradora no puede hacer nada más, pero yo sí. Aunque en ese camino estarán solos y deberán arreglarse por su lado si algo sale mal.

Lo escuché sin desviar mi atención de la tarjeta en la que venía un nombre apuntado con letra pegada: Carlos Becerril; después un número de teléfono en el que los ocho eran tan delgados que parecían escurrirse de la blanca superficie del papel.

—Es un asesor de riesgos. No saben la cantidad de clientes que pretenden cobrar seguros con trampas. Nosotros investigamos a fondo. Para que un cheque como ese que llevan con ustedes salga de esta oficina deben corroborarse demasiados aspectos. Háblenle, él ya sabe de su caso y está interesado. No es barato, pero es bueno.

Irene también guardó la tarjeta que en realidad era un pedazo de cartón para tomar apuntes.

—Un investigador privado —musitó Irene—. Increíble.

Cuando llegamos al centro comercial llevábamos un rato riéndonos. Nos sentíamos mejor de ánimo. Nuestra charla había ido del detective a algunas películas que nos gustaban, libros de género negro y, finalmente, caricaturas cuyas obvias resoluciones nos divertían. Nos metimos al cine, como hacía mucho no lo hacíamos, y al salir aún era de tarde. Terminamos frente a una heladería. La gente cercana pasaba con cierto orgullo, producto de las bolsas de compras en sus manos.

—Préstame tu celular —me pidió Irene cuando terminó de comer su nieve de pistache.

Se lo pasé y tecleó el número del detective.

—Buenas tardes, ¿habla el asesor Carlos Becerril? Sí. Nos entregó su tarjeta el señor Alfonso Arrache. Ajá. Sí. Sí, déjeme… no, no es necesario… Ok. Le parece bien que nos veamos en el… Ok. ¿El sábado a las…? Ok… Gracias, ahí nos veremos.

Mucha gente contrata detectives. Para espiar al marido o a la esposa. Al contrincante de negocios. A la hija. Se espía a los diputados del Congreso y a los senadores se les colocan chips en sus teléfonos celulares para grabar sus estornudos. En el mundo hay demasiadas camionetas y coches negros que van tras nosotros. Niños escuchan en los cruceros el paso de los convoyes del ejército. Taxistas observan a quienes traen coches de lujo para señalarlos ante un comando de secuestradores. Se miran las piernas y las nalgas y los pechos de todas las mujeres del mundo. Se asoma uno al interior de las casas de los extraños para ver cómo es ahí adentro, ¿cómo han acomodado los muebles?, ¿hay mesas?, y ¿qué cuadros penden en la pared? La vida es merodear. Caminamos a hurtadillas con los ojos puestos en lo que no nos corresponde. Aprendemos a ver el mundo de ojeadas, es la forma como, paradójicamente, lo comprendemos a cabalidad: por los vistazos, con los pies en punta para asomarnos más allá de la barda de nuestra casa. Se espía por amor y por desconfianza. Espiar tiene demasiados verbos afines, hermanos: observar, merodear, rondar, acechar, escudriñar, husmear; pero todos ellos conjugados con la desconfianza, con el desamor, con la venganza, como quien escarba pacientemente en un tonel de pólvora.

Vimos al detective a la hora que nos indicó, en uno de esos restaurantes ubicados al costado de los grandes centros comerciales, y le contamos nuestra historia. Parecía un tipo fiable aunque tenía algunas mañas: no le gustaba que le llamáramos "detective" sino "asesor de riesgos". No me dio muy buena impresión su aspecto desaliñado, pero tenía cierto aire solvente, se le notaba en la manera en la que hablaba con nosotros, cuando pidió una cerveza, al momento de hacer las preguntas de rigor.

Se llamaba Carlos por su abuelo y el Becerril lo había podido rastrear hasta mediados del XIX. Así fue como se presentó. Un tipo informal, diría yo, pero tan confiable como para trabajar en una aseguradora. Tenía un tic nervioso en el párpado que era imperceptible, pero no tanto como para no pasar de largo ante mí. El asesor vestía un pantalón color ámbar, con pinzas, una blanca playera con cuello tipo polo que le restaba importancia, pero lo suplía con una seguridad, probablemente muy ensayada. Nos encontrábamos ya en la sobremesa con sendas tazas de café cuando nos indicó sus honorarios, que incluían viáticos. Con qué pretextos se auspicia la vida de los extraños. Cuando se alejó, lo seguimos con la mirada hasta que subió a un reluciente Camry ya con sus años encima.

—¿A dónde vamos a llegar con esto? —me cuestionó Irene mientras veía al detective maniobrar para sacar el coche del estacionamiento.

—No lo sé, pero hay que hacerlo.

—¿Qué haremos cuando los encuentren?

Tenía miedo: el que se tiene a quien te golpeó una vez y puede repetir la maniobra de formas implacables.

—Sólo quiero saber de la muchacha —le respondí sin volverla a ver, atento al Camry que enfilaba ya hasta la caseta de pago del estacionamiento—. ¿A poco tú no? —el espejismo de la chica embarazada surgió ante mí en el restaurante, embozada, con el vientre gordo, en los brazos el bebé de plástico.

—Le quiero aventar el *reborn* en su casa —dijo Irene con desprecio, luego se quedó sumida en el silencio, cuchareó el pozo del café, le dio un trago a la bebida, fría ya.

Esas semanas sin informes nos abrazamos a la rutina. Trabajamos. Leímos. Llevaba a Irene al hospital y después volvía por ella al atardecer. En mi trabajo no ocurrió nada inusual. A veces recordaba la grabación de los ladrones, pero incluso ellos se empezaban a alejar en cierta bruma de la que sólo emergía la chica embarazada. El rencor había germinado en mí un mastín dorado. Quería golpearla. Quería decirle que tuvo la oportunidad de llevarse todo y librarnos del *reborn* al que le había vuelto a quitar las pilas y cubierto con una almohada para ya no verlo, para asfixiarlo pero, tras la tela, veía ese rostro macilento parecido al mío, al de Irene, al hijo imaginado que no era.

Yo quería tener un hijo de verdad porque pensaba que era lo correcto. Quería poseer un hijo, sangre de mi sangre, porque me habían dicho que aquel era el verdadero amor y necesitaba experimentarlo. Quería tener un hijo por todas las razones equivocadas y las correctas, aunque ninguna me sabía a una explicación de peso en la boca, era una necesidad que no podía traducir pero que andaba en mi alma. Imaginaba mis hijos con otras mujeres porque, con la mía, aquello había terminado en una tumba sin nombre: una tumba de carne y nervios adentro: en la imaginación. Yo quería un hijo y no un ente de plástico, pero eso era lo que guardaba en casa.

Como no compramos computadoras, nos hicimos asiduos al café internet. El dependiente, un chico extremadamente delgado, también se acostumbró a nosotros. Era como vivir en un paréntesis, en una ronda fantasma merodeábamos lo poco que aguardaba de nosotros. El detective prometió información y cada semana nos envió un reporte en un sobre donde además venían las facturas de sus gastos. No recuerdo mucho de ese tiempo: sólo la reiteración de ciertos hechos mecánicos: levantarse, preparar algo de desayunar, comer, dejar a Irene en su trabajo, revisar cuentas, ir al café internet, observar videos. El infierno es esta vida mecánica.

A la cuarta semana, el asesor de riesgos nos informó que los había encontrado.

El jefe de la familia se llamaba Horacio Palomares. Ladrón de la vieja guardia. Ropavejero. Vendedor de fierro y papel. Con esas credenciales recorría las colonias de la ciudad ayudado por su hijo y yerno. Había estado un par de veces en la cárcel por robos de poca monta, expediciones a las celdas en donde permanecía un par de meses. El comandante Cuevas nos había dicho que cada ladrón contaba con una genealogía. ¿Por qué Horacio Palomares marcaba sus casas con mierda? Eso nunca lo supe. El hijo se llamaba José Luis y el yerno recibía el nombre de Martín. Sus apelativos de batalla eran menos siniestros, casi cómicos: a Horacio le decían *el Tieso*, a José Luis, *Choche*, y a Martín, *la Tura*.

Los muebles y los electrónicos los vendían en negocios de segunda o los empeñaban. Tenían un pequeño camión de mudanzas en el que se llevaban los hurtos, además de la camioneta de estaquitas con la que recorrían las colonias como ropavejeros. A los robos le sumaban el oficio de fierreros. Desmantelaban coches que compraban por kilo, revendían las piezas, remataban motores, alternadores, puertas desgastadas, esa maquinaria mínima de viejos coches que luego ofertaban al mejor postor. Muchos de esos coches eran robados. Vivían del despojo en su amplia gama: de personas, de coches, de la basura. Tenían nexos con la policía y con uno de los cárteles que asolaban la ciudad.

Pasé con rapidez las fotos de los hombres y me detuve en las imágenes que mostraban a Carolina. En una vestía una playera blanca con el escudo del PRI y jeans flojos; en otra aguardaba junto a la camioneta, en donde su familia apilaba refrigeradores o estufas viejas, colchones amarillentos y resortes. Las fotografías sobre la mesa nos presentaban a la chica siempre en la lejanía, su contorno difuso, con aquella inmensa barriga que a veces sostenía con ambas manos.

Su casa: Nomeolvides 221, en la colonia Florida, una alargada concentración de viviendas, si es que podían recibir tal mote, que se revolvían a un lado del tendido del ferrocarril a Tampico. La colonia era famosa por sus paracaidistas, por la venta y tráfico de drogas y porque, a pesar de los esfuerzos por rehabilitarla, siempre se encontraban con la oposición de los vecinos que preferían vivir en aquellas callejuelas con calles sin asfalto, luces pardas y una amplia red de cables que se colgaban de los postes y formaban una telaraña de gratuita energía eléctrica. Muchas construcciones estaban protegidas con bolsas y lonas que el viento agitaba, descomponía, despeinaba hasta arrancarlas del tablón que debían resguardar. Entre los durmientes o cerca de ellos, pastaban caballos famélicos que mordisqueaban lo mismo las hebras ralas y sucias de hierba que las bolsas de basura destripadas por los perros. Varios carretones de madera estaban detenidos al lado de las vías y, cada pocos metros, los habitantes levantaban fogatas para ahuyentar el frío que atenazaba la ciudad esa temporada.

Irene le preguntó al asesor si la mujer estaba ligada a los robos y Becerril asintió.

—Si lo desean, pueden solicitar una orden de cateo para ver si aún guardan parte de sus pertenencias pero, por los lazos que tienen con la policía, lo más probable es que les avisen y no encuentren nada. Lo más grave es que ustedes se expondrían… yo sí puedo con esos cabrones, pero ustedes…

Becerril sacó un cigarro y lo encendió, aunque no estaba permitido en el restaurante.

—Esta prohibición es una joda —nos señaló con familiaridad cuando tuvo que apagar el Marlboro rojo sobre la mesa, ante la mirada de la mesera.

—Aquí están mis honorarios —agregó—, de algunas cosas no pude sacar factura, pero no van a desconfiar de mí, ¿verdad?

—¿Qué nos recomienda que hagamos? —solté las fotografías sobre la mesa.

—¿Quieren saber la verdad? ¿Mi verdadera recomendación?

—Sí.

Carlos le dio un trago a su agua mineral y empezó a guardar su informe en un sobre manila. Se tomó su tiempo. Sus movimientos definían el control. Ajustó una corta librea que pasó por un suaje en el papel. El sobre hizo un ruido sólido al caer sobre la mesa y luego el detective lo deslizó hacia nosotros.

—Nada. No hagan nada. Ya saben quiénes son, los han visto. Si consideran seguir adelante deben saber que perderán, con esta gente siempre se pierde. Si tienen los nervios, el tiempo y el dinero para hacerlo, adelante. Pero esta gente tiene nexos. Los vi. Ellos halconean. Esa gente está más protegida que nosotros. No va a ser fácil.

—Entonces, ¿para qué tomarnos la molestia? —le indiqué.

Becerril se arrellanó en la silla y bebió de su agua mineral, apenas un par de sorbos.

—En estos tiempos, meterse con ellos siempre acarrea complicaciones. Son muy nerviosos, no sé si me explique. No les gusta que los señales. Les agrada que uno baje la mirada cuando pasan, que no los apuren, que los dejen ser porque sólo ellos existen… pero además, tienen el terrible problema de la lealtad: ayudan para cobrarse más adelante y no hay lealtad más feroz que esa. En el trabajo lo vemos muy seguido. Capturan a una banda de robacoches y a los meses, cuando ya nadie recuerda, porque todos olvidamos a los muertos y a los raptados, cuando eso que hicieron cae en el olvido, ellos ya están afuera y chingando. Es entonces cuando regresan.

—Entonces, de nada sirve nada. ¿Es lo que nos quiere decir? —se quejó Irene.

—Justo eso.

—Entonces, ¿para qué dejó que lo contratáramos?

—Irene… amor…

—No, que nos diga para qué dejó que lo contratáramos.

—Para que se quitaran la duda, señora, y para ver si algo se podía arreglar. Sólo para eso, pero como se han dado las cosas… Si fuera otro caso, si esta gente no estuviera tan bien conectada como veo, le diría otra recomendación, créame.

—¿Entonces? —preguntó Irene con desánimo.

El detective pareció serenarse al notar nuestra impotencia.

—Seguiré investigando hasta que ustedes decidan que pare… una semana gratis. ¿Cómo ve?

De regreso, Irene releyó el informe y, cada cierto tiempo, soltaba una maldición quemada antes de ser dicha. Las palabras del desconsuelo tienen ese cariz. Irene me compartió lo que decía el perfil de Carolina Palomares:

> Veintiún años. Una bebé de un mes y medio. Vive en el núcleo de la familia. Hija de Horacio. Estudió hasta el primer semestre en una prepa técnica, radiología. Su pareja es Martín. Su función en la banda es empeñar los objetos robados.

Carolina parecía aún más joven de lo que señalaba el informe de Becerril. Su tez contaba con cierto cariz suave; los labios gruesos, una barbilla grácil y cierta forma como andaba erguida le sentaban bien. Era bonita. Su belleza resultaba serena. Me pregunté por qué una chica con esos orígenes había querido estudiar la carrera de radiología y me dije que tal vez, en algún momento, había decidido ser otra persona, soñando con un futuro distinto a lo que veía en el derrotero de su familia.

Carolina, Caro, la renombré con suavidad, que había crecido en esas condiciones, las mañanas cuando salía de casa y caminaba más de ocho cuadras para tomar un camión urbano e irse a la escuela, a pesar de la reticencia del padre para que estudiara. Me pregunté en qué escuela de enfermería pudo haber estado e imaginé cuando Horacio la había obligado a terminar la carrera o tal vez no había sido así: a lo mejor la culpa era del embarazo, de ese muchacho idiota, la Tura, amigo del Choche, quien una tarde la había visto desnuda en una casa en esas condiciones… La imaginé asistiendo a la escuela, en los salones de clases y me recordé también en aquellos años, cuando iba a la preparatoria y creía tener problemas.

La imagen de Carolina me llevó a recordar a una amiga que se llamaba igual, muy alta, de largos cabellos rubios, inteligente, pero ensimismada. Alguna vez fantaseé con la posibilidad de ser su novio y me pregunté cómo sería tener un hijo con ella. Supongo que todos los hombres vemos a las mujeres con deseo pero, en el fondo, hay un tipo de hombres que también se pregunta cómo serían nuestros hijos con ellas: si altos o rubios, qué de nosotros saldría a flote con esos otros genes, qué larga simiente de fantasmas.

—¿Te imaginas tener un bebé en esas condiciones? —añadió Irene y cerró el informe—. Nacer en la suciedad, crecer en la suciedad, reproducirte en la suciedad, ahí mismo envejecer, morirte entre cacharros.

Llegamos a casa y dejamos los papeles sobre una repisa.

Irene tomó a nuestra gata y se la llevó consigo a la recámara para que la acompañara al dormir.

Aquí terminaba el asunto. El robo. El despojo, al fin, poseía un rostro pero nada se podía avanzar. En la calle, un par de chiquillos pasó con un balón en la mano y, minutos después, escuché el pelotazo en la pared de la casa. Miré mi casa vacía y me pregunté: Si muriera hoy, ¿qué dirían los muebles de mi casa, su acomodo, los libros, los papeles que dejaría en el escritorio, los sillones mullidos, la colección de tazas o el tipo de ropa en el clóset?

La casa olía a silencio.

Subí a la recámara y me encontré a Irene en posición fetal.

—¿Por qué? —me preguntó—. ¿Por qué una chica como ella, que es ladrona y pasa fríos y hambre o come mugrero, por qué una chica como ella tiene un bebe, Alberto, dime por qué incluso ella puede y yo no?

—Nos la vamos a cobrar, Irene, ya verás.

Me acerqué y la abracé. Me apretó con cierta necesidad, me olió la barbilla, Irene cruzó sus brazos por mi espalda y nos quedamos así, abrazados unos minutos. Toda pérdida tiene un eco que se enraíza. En una habitación de la casa se encontraba el *reborn*. La carriola inmóvil. Me levanté y fui hasta allá. Abrí la puerta con sigilo y miré dentro de la cuna. Truénale la cabeza a ese hijo. Truénale la cabeza. Quité la almohada y tomé al *reborn* cuya piel perdía suavidad por el paso del tiempo, vi aquellos ojos espinosos, los gestos seniles del bebé, apreté la mano pequeña y fría. Truénale la cabeza. Truénale la cabeza. Cuando muera nunca volveré como un renacido aunque todo en esta vida es un *reborn:* el amor que perdemos e intentamos recuperar, la juventud que se alarga de más aunque duelan las articulaciones y prolongamos con ropa o cirugías plásticas, las casas, los coches, el beso que se le da a los desconocidos; el asedio sexual es una imitación de lo que hemos perdido porque todo lo realmente valioso en nuestra vida es efímero, apenas es y desaparece. Un día mis gestos, mi imagen desaparecerá de la faz de la Tierra y no habrá rostro que lo recupere y sostenga en la memoria del mundo. Carolina sí tenía esa posibilidad. Carolina, un germen de ella superaría el tiempo y no era justo. Ahí tuve una idea: la iba a asustar, así como había perseguido a aquella mujer hacía mucho tiempo. Empezaría con cartas, luego fotografías. Hasta acercarme a ella. Hasta tronarle la cabeza como lo acababa de hacer con el *reborn* en la cuna.

Un miércoles me animé a buscarla, al salir de la oficina.

Aquel mes de agosto había sido largo y tedioso y la idea me había rondado a toda hora. Las horas libres las extinguía entre el cine y recuperar algunos libros para mi biblioteca. Caminé mucho esos días, con una incomodidad que no me dejaba estar quieto. Al irme a dormir me preguntaba por Carolina y tardaba en alcanzar el sueño. Sabía ya de memoria el rostro de la chica. A veces me imaginaba golpeándola, pero tras el fondo de aquella furia surgió una pregunta que fue ganando en peso y necesidad: ¿cómo sería mi hijo con esa ladrona?

Salí un par de horas antes de la oficina, simulé que iba a la tienda a comprar algo para soportar las últimas horas de trabajo. Los viajes domésticos nunca encierran un misterio, quizá por eso los odiamos. Encendí el radio del coche y sintonicé una estación donde sólo comunicaban la hora y programaban canciones de antaño. Todo ese tiempo que conduje tuve deseos de vomitar. Detenía el temblor en mis manos al aferrar bien el volante. El aire olía a sombras que se apretaban, porque una naturaleza distinta les daba origen.

La tarde se tornó más oscura cuando encontré la calle Nomeolvides. Ahí radicaba mi última humillación, tendida en aquella alargada vía del ferrocarril, en esos hombres que robaban. Disminuí la velocidad para encontrar el número, pero descubrí que era imposible distinguir la nomenclatura. Había escrito un par de cartas con mi letra: amenazas vagas que no me convencían.

Las construcciones eran precarias, casi ninguna con una seña numérica. Me detuve frente a un patio de maniobras de tráileres. Un olor a basura inundaba el ambiente. Perros famélicos se correteaban por la avenida gris junto a las vías y algunos ladraban a los pocos coches en su tránsito. Un par de caballos se alimentaba de dos pilas de elotes y hojas de maíz. Asomaban sus pesados dientes al masticar. Saqué el reporte de Becerril y empecé a buscar la casa, pero era imposible desde la comodidad del coche. Pasados algunos minutos me desesperé. Todo lo que me había llevado hasta allá se había ido. Encendí el motor del coche, salí a la avenida y me detuve hasta que llegué a una tienda cercana a la casa, donde compré una botella de agua y unas galletas que terminé arrojando a la basura.

La siguiente ocasión decidí ir en fin de semana y aproveché una salida de Irene con uno de sus amigos. Abordé una ruta que me llevó hasta el centro de la ciudad y transbordé. El viaje pausado me permitió aclarar mis ideas. Sólo quería ver la casa. Eso y nada más. Tal vez tomar un par de fotos. Me apeé cerca de las vías, a espaldas de la calle Nomeolvides. Caminé sobre banquetas mal trazadas que en nada embellecían las fachadas irregulares de las casas siempre a medio construir. Sobre la carpeta asfáltica rota, herida, una larga corriente de hastío se quemaba bajo el atardecer. Tenía sed, así que me detuve a comprar un refresco.

Iba a salir cuando distinguí a Martín, que se aproximaba por la calle. El chico pasó frente a la tienda. Llevaba en las manos una bolsa de plástico con leche en su interior. Me enaré por los nervios. Tuve qué secarme las manos. Estaba clavado al suelo y por unos segundos no pude abrir la boca. Me mareé. Una gruesa gota de sudor resbaló por mi cuello y sentí que mis pulmones eran pesados como inmensas piedras de río. "Muévete", me ordené, "anda, muévete". No sé cuánto estuve ahí, pero sentí que el tiempo se acomodaba de nuevo en cuanto seguí al chico.

Martín ni se enteró de que lo perseguía. Cruzó la calle y se metió en una especie de laberinto de callejones de suelo lodoso. Más que calles, parecían senderos que daban salida a pequeñas casuchas construidas con madera y cualquier material sacado de la basura. Unos chicos se encontraban en un recodo. Martín los saludó. A la distancia se veían peligrosos, espigados dentro de sus playeras flojas con dibujos de calaveras que combinaban con pantalones sueltos; acodados en una pared de madera y con cigarros en los labios, auguraban problemas. Cuando pasé frente a ellos, uno me pidió dinero. Nervioso revisé en los bolsillos de mi pantalón y le aventé una de cinco pesos. El muchacho la captó en el aire. No me detuve, pero el miedo me obligaba a contener los pasos. ¿Y si Martín me reconocía? El laberinto de casas terminaba en las vías del ferrocarril. Seguí al muchacho hasta que entró en una casa. No era la que venía en el informe: esta se hallaba protegida por una larga cerca de madera de colores variados; un foco blanco, ahorrador, iluminaba la entrada. El aire olía a leña y carbón quemado. Pasé rápido frente a la puerta y escuché cuando él gritó:

—Ya vine.

Me detuve.

Mi respiración también.

Luego escuché el largo llanto de un bebé.

De regreso no pude alejar ese sonido de mi cabeza. Era algo fantástico, hacía años que imaginaba el llanto del *reborn* y ahora este, tan real, lo había roto.

Cuando volví a casa, Irene aún no llegaba. Esperé afuera, sentado en el umbral. Media hora después estacionó el coche y me contó que en lugar de ir con su amigo había visitado la vieja casa de sus padres. No le agradó el estado de abandono de la construcción.

—Las habitaciones están muy sucias, tienen mucho polvo. ¿Crees que debamos arreglarla?

Acordamos que, a partir de la semana siguiente, empezaría a limpiar la casa; aprovecharíamos mis vacaciones, alrededor de diez días, para adecuar lo necesario, contratar albañiles o a quien se necesitara para devolverle el brillo a lo que había sido su hogar. Esa noche, echados sobre la colchoneta, Irene me preguntó si deseaba que volviéramos a intentarlo.

—Ya vas a tener casi cuarenta y mi edad biológica puede ser un problema.

—Ya no son edades para ser padre —le contesté con cierto rencor—. Y cuando lo intentamos no fuimos candidatos para adoptar. Y cuando pagamos la inseminación artificial no funcionó.

Irene se quedó en silencio, pero al cabo se recargó en la pared.

—Entonces...

—Sangre de nuestra sangre.

Tras dos años de intentarlo no logramos procrear de nuevo. Un doctor nos recomendó la inseminación *in vitro*. No se dio. El doctor estaba sorprendido: no teníamos lesiones ni alguna deficiencia reproductiva.

—¿Ya cerramos esa posibilidad? ¿Nos quedaremos así?

Quedarse así. Uno más uno. Una vejez solitaria sin hijos que den nietos, sin más fiestas infantiles ni excéntricas reuniones familiares, adiós a las primeras palabras, papillas, desvelos porque el niño se enfermó, ni largas esperas ante consultorios o en tiendas departamentales para comprar biberones o juguetes, adiós, a las filas en la escuela, las madrugadas para preparar un viaje escolar, adiós a todo eso que significaba tener un hijo pero no poder explicarlo porque no sabíamos lo que era tener uno; puedes tener un perro o un gato o una maceta para regar todas las mañanas pero no sabes lo que es tener un hijo, adiós a eso, adiós a verlo sonreír, adiós a quererlo, que es la mayor renuncia, adiós a sentirte padre, adiós a sentirte completo, adiós a sentirte ridículo por querer ser padre, adiós a clases sobre la vida y sobre cómo cuidar cachorros, adiós a las paletas, a jugar por las noches, a las muñecas, a comprar balones para meter goles en porterías imaginarias, adiós a todo eso, adiós, y soltar aquello como a quien le falta el aire y necesita pausas para respirar, hola al dinero en el banco para ayudarnos a bien morir, mudarnos con los años a un asilo, contratar una enfermera, pagar seguros médicos costosos, no embarcarte en ninguna deuda que no pueda ser saldada, al límite de tus años productivos, tardes que le dan forma a tu fantasma casa de pocos sonidos, el paso de hojarasca y canales de televisión, una última hoja de aire que se aferra a los pulmones, un funeral silencioso, pocos dolientes porque las familias huyen de los sin descendencia; tras eso, un ocaso en el silencio con libros, con algunos viajes cortos que te recuerden que aún puedes moverte, tener otras satisfacciones, cenar solo en los restaurantes, uno más uno, una línea familiar más que queda en el olvido, un apellido más que se muere. Nada más. Las posibilidades. Cerrarlas.

Asentí e Irene tomó una de mis manos para acariciarla; su cuerpo se distendió ante el final de aquella alerta biológica con la que había vivido. Junto a ella, abandoné mi cuerpo sobre la colchoneta. Sí, no sería padre. En el fondo siempre fue una verdad. Hay parejas que conoces y sabes que la paternidad nunca será una posibilidad para ellos y son conscientes de lo que eso significa.

—Quiero limpiar la habitación. Ya es hora —sentenció Irene.

Recordé la última vez que la vi y temblé.

—Tengo algo que decirte.

Irene se había puesto en pie y volvió el rostro mientras se acomodaba la blusa. Le conté lo que había hecho.

—Debo verlo —había enojo en sus palabras—. Era nuestro acuerdo, Alberto, lo habías prometido.

Irene fue directo a la cuna y levantó al *reborn* despedazado. Le había destruido el rostro, los brazos rotos le colgaban a los lados. Aún podía escuchar el crujido del metal. El bebé estaba desnudo. Irene se lo acercó al pecho, como para amamantarlo y sólo entonces lloró.

—Lo habías prometido, Alberto. Ahora, ¿qué hacemos con esto?

Lo que siguió fue un sonido sordo, como un tábano que remarca su vuelo en nuestro oído, una pulsación inmensa que me abochornó cuando envolví al *reborn* en un sudario hecho con una cobija afelpada azul y lo metí en la carriola donde guardé también montones de pañales, juguetes varios, chambritas, mamelucos, biberones. Bajé con la carriola por la escaleras, Irene tras de mí. En la puerta nos detuvimos.

—No podemos dejarlo aquí —Irene me aferró de un brazo y miró hacia la puerta de entrada de la colonia donde ahora trabajaba otro guardia de seguridad.

Así que empezamos a andar hasta la puerta, como dos padres que sacan a pasear a su hijo. Las ruedas de la carriola al raspar la banqueta producían un ruido gris.

—No podemos dejarlo tampoco aquí —musitó ella de nuevo, cuando llegamos a la puerta de entrada.

Seguimos por una banqueta rota, avanzamos al lado de la barda perimetral hasta que, finamente, llegamos al terreno baldío atrás de la colonia.

—Mételo —me ordenó.

Así que avancé hasta el interior del terreno baldío en el que, además, crecían arbustos con espinas. Encontré, para mi sorpresa, los huesos blancos de muchas cabezas de vacas. Ahí dejé la carriola. Bien oculta. Antes de irme saqué al *reborn*, acaricié por última vez su piel de vinilo y silicón, pasé los dedos sobre la suave y áspera superficie del cabello y lo puse en el suelo, no fuera a ser que algún desdichado viera la carriola y al querer robársela se lo encontrara adentro.

La siguiente semana me afané en llevar a cabo las adecuaciones a la vivienda de los padres de Irene. El sol y el calor en la ciudad estaban al tope. Las calles se veían descoloridas y todos huían de las altas temperaturas. Trabajar en aquella casa fue aun peor sin ningún clima o abanico.

Contraté un plomero, un electricista, un servicio de limpieza general para que le devolviera a los muros y pasillos el color de antaño. Irene me dejaba en el domicilio de sus padres de camino al hospital y, el resto de la mañana, yo supervisaba las reparaciones, ayudaba a limpiar, a recoger documentos importantes y embalar recuerdos familiares.

Observar fotografías viejas me produce paz interior. No reconozco a esas personas que he sido o que han habitado mi vida. Pilar y Ernesto siempre fueron grandes, en amplios sentidos: su estatura sobresalía del promedio. Pilar conservaba un guiño de dama de alta alcurnia y don Ernesto no se quedaba atrás, aunque su carácter era más seco, con cierto aire norteño que le sentaba muy bien. Olía a tabaco y a cuero, como vaquero sacado del viejo oeste y puesto en una ciudad.

La evolución de Irene era más interesante: había sido una chiquilla esmirriada cuyo pelo en trenzas la volvía frágil. En una foto se escondía tras las faldas de la nana Amparo. La mujer se veía orgullosa de servirle de protección. Con una mano trataba de ocultar a la niña y, con la otra, sostenía un plato con comida. Irene había sido una adolescente tardía. Sus fotos en la secundaria demostraban a una niña rodeada de chicos a mitad de una transformación física que los volvería adultos. Irene parecía un chiquillo más, aún sin formas, acaso una mirada de desafío que la hacía especial en aquel grupo. Sólo hasta la preparatoria Irene dio un salto: su cuerpo, que nunca dejó de ser delgado, tomó ciertas curvas, el escote se pronunció; además, mi mujer creció varios centímetros, no tanto para alcanzar la altura de sus padres, pero sí para destacarse del resto de sus compañeros. Su piel aperlada, sus pupilas con un dejo verde, y su boca, que siempre ha sido lo más hermoso de ella: una boca pequeña, que cuando aprieta parece una nuez, la volvieron una de las chicas más perseguidas del bachillerato. La conocí cuando nos encontramos en la universidad. Por esos días yo había ido de una carrera a otra, lo que me hizo conocer a mucha gente, hasta que la encontré en una reunión de amigos que después dejamos de frecuentar.

Nos enamoramos como le sucede a la mayoría de la gente: todo fue una sorpresa acompañada de curiosidad por el futuro. En la segunda cita tuvimos relaciones sexuales. Me agradaba cierto acento en su voz, el olor de su cabello.

Luego me contó que había sufrido mucho y le dije, con ingenuidad, que eso no le pasaría conmigo.

En los cajones de la cocina que no habíamos vuelto a abrir me encontré un papel. Tenía el nombre de la nana Amparo y una dirección: El Sartejonal, Zacatecas. Abajo, con trazos nerviosos aparecía un número telefónico. Lo guardé en la bolsa del pantalón para entregárselo a Irene junto con las fotos y más papeles que habían dejado sus padres. Catalogué los muebles, revisé si algunos cuadros podían valer algo, metí en cajas ropa que terminaría en los mercados de segunda mano y recuperé algunas joyas que tal vez Irene querría guardar.

El último día de reparaciones me quedé con el coche para realizar algunos trámites y dejé a Irene en su trabajo. Cerré la casa pasado el mediodía y mis papeleos fueron solucionados con más rapidez de lo esperado. Tenía el resto de las horas por delante. Conduje hacia el Centro de la ciudad, me comí un emparedado de carne y cebollas caramelizadas, me senté a leer en un café. Me hallaba incómodo, así que terminé metiéndome en un cine. Era una película de acción; ante las imágenes, repasé los pendientes y recibí un mensaje en el que Irene me informaba que iría a cenar con una amiga, y recordé el camión que se había llevado los muebles y la ropa de bebé días atrás. Cuando salí, me encontré con la última hora de la tarde. Caminé hasta otra cafetería, pero ya no tuve ánimos de leer. Sólo paseé la cuchara por el borde de la taza donde mi café se enfriaba.

Desde la ventana de este local, pude ver cómo empezó a descender la temperatura y nublarse la tarde. No me había enterado de un cambio de clima. Tuve algo de frío por el aire acondicionado que me daba en la espalda. Una chica pasó cerca de mí y su rostro detonó el de Carolina Palomares, rostro que, en realidad, no se había ido de mi memoria. Busqué en mi celular y encontré los teléfonos de Becerril y el comandante Cuevas, cual si me acompañaran como una conciencia buena y otra mala. Pagué y salí. Abordé el coche y conduje hacia casa. Me encontraba a unas calles cuando sentí que debía buscar por última vez a los ladrones; quería verlos, exorcizar el miedo o lo que eso fuera. No podía quedarme así.

La tarde empezó a retraerse para dar camino a la noche que se desplegó con todo su velamen cuando llegué a las vías del ferrocarril. La misma estampa me recibió sólo que, ahora, en lugar de los caballos enganchados a sendos carretones, me encontré con la camioneta estaquitas de Horacio detenida frente a la casa paterna. Pasé de largo y me estacioné lo más cerca pero lo más escondido que pude, detrás de un tráiler. Bajé y caminé furtivamente hasta donde pude tener una mejor visión. Afuera estaban el padre y el hijo. Charlaban ante un cartón de cerveza. La caja de la camioneta se encontraba cubierta con una lona.

Tenía, para entonces, el corazón deshebrado por los nervios que me apretaban la columna vertebral y el diafragma. Traté de pasar saliva, pero ya no contaba con ella. Mi respiración se aceleró cuando, de entre las callejuelas, apareció Martín y, tras él, Carolina. La chica había recuperado su figura. Era un poco alta, más de lo que había imaginado. Las sombras habían terminado por caer y la familia empezaba a descargar la camioneta con cierta parsimonia. ¿Y el bebé? ¿Lo habían dejado solo? ¿Estaba dentro de la casa de Horacio, dormido? Carolina entró a la casa de su padre y volvió, pero no supe para qué. Era una chiquilla, ladrona de veintiún años.

Volví al coche y me alejé para sumergirme por las callejuelas. La casa estaría sola. Era cosa de ingresar rápido. Truénales la cabeza, me dije. Truénales la cabeza. Aun en la oscuridad me sentía expuesto a la luz del día de miles de ojos que me observaban. Me detuve junto a un descampado, con el coche ya en dirección a la avenida. Me bajé. La noche olía a frijoles quemados y el viento empezaba a moverse con una rapidez desacostumbrada. Algunos niños jugaban futbol en otra calle pero, salvo por ellos, la colonia se encontraba desierta. Me metí de nuevo a las callejuelas y revisé mi celular. Tomé una foto para ver que funcionara la cámara y sí, el mecanismo se encontraba intacto. Casi llegaba a casa de Martín y Carolina cuando vi que la chica entró en la precaria vivienda. Me detuve. No oía más que la revolución de mi sangre, la exacta medida del miedo en mis latidos, su peso en mi cuerpo; tuve conciencia en ese punto de mi estómago, cargado, de mis rodillas temblorosas. Me pregunté qué podía hacer; fue Caro quien me dio la respuesta porque volvió a salir de la casa, ahora con una cazuela que llevaba del asa. Hasta los ladrones desean terminar su día con comida caliente frente a ellos. En ese momento enfurecí. Aún olía a cenizas en el aire. El frío me pareció más fiero. Me aproximé a la casa. Moví la puerta que rechinó. Entonces, lentamente, como un largo berrido que había estado apaciguado, recordé a mi bebé en el hijo de Carolina. Desfilaron las imágenes de aquella noche en que habíamos perdido a nuestro hijo. No. Eso en el pasado. Eso en el pasado de un hombre chillón. Truénales la cabeza, recordé, truénales la cabeza. Apenas me di cuenta cuando ya estaba dentro de la casa. Torpemente, golpeé una jaula para pájaros que colgaba cerca de la entrada, en un patio atiborrado de muebles viejos. Había muchas jaulas ahí, de diferentes tamaños, y traté de imaginar qué tipo de pájaros sin alas podrían vivir en jaulas enraizadas en la suciedad. Debía ser rápido. Sólo entraría a tomar fotos que después les enviaría para que los ladrones supieran del terror o de la fragilidad. Así, sin más, sin delaciones, sin triunfalismos. Que se chingaran.

Abrí la puerta. La construcción de madera se protegía del aire helado con lonas de plástico. Olía a leña quemada, como en el exterior, pero con más intensidad. El tufo, no supe si venía del patio o de adentro, como de comida largo tiempo aceda. ¿Cómo era posible que vivieran así si robaban a diestra y siniestra? El interior ofrecía más abrigo porque un pequeño calentador de gas abrigaba el espacio. ¿No saben la cantidad de bebés que mueren por asfixia y por estufillas de gas? Vi una mesa vieja, larga y sucia con charolas de unicel en cuyo interior había sobras de comida china. Cacerolas amontonadas. Oí risas en la calle y me sobrecogí. Volví a mirar la puerta porque ya quería estar ahí. Rápido tomé algunas imágenes: de la comida, de la mesa, de un afiche a la Santa Muerte con un par de veladoras; abajo, cojo, un San Judas Tadeo junto a una pila de mochilas con el logo del PRI. Había tres camas, pero la que llamó mi atención fue una abultada con tres almohadas que formaban un corralito.

Ahí encontré al bebé.

Me acerqué. Con mano temblorosa extraje mi celular y empecé a tomarle fotos. Una tras otra. Otra más. Una más. Fotos sin flash. Era una niña. Le habían horadado las orejas que exhibían burdos aretes hechos con hilo. Supongo que nunca le habían comprado unos de verdad. La bebé me sonrió. Sus pálidos ojos cafés me atrajeron. Mi celular terminó por morir; la pila se le había acabado. Perdí noción de todo. Del tiempo. De la ansiedad. De la ofuscación. Las manos regordetas de la bebé se agitaron para asirse de algo: manoteaban en el aire viciado de leña y comida vieja. Me senté y cargué a la niña, que empezó a reírse. La hija de Carolina. Observé la puerta cuando escuché que algo se caía afuera. Me encontrarían con la bebé en brazos. La miré con detenimiento y no sé de dónde, en qué engaño, pero me encontré ahí, sí; torpemente, esa bebé tenía algo de mí, esa chiquilla guardaba cierto parecido al hijo que había imaginado y que ahora se adoptaba a esas formas. La carne tierna se apoderaba de la carne etérea. Todos los abusos que habían cometido contra mí llegaban a su fin en ese momento. La muerte, la vergüenza, ahí, para ser restituidos. Irene llorando en casa. Irene cuando caminaba lentamente después del legrado. Irene, dicho su nombre con esfuerzo. Había jurado amarla y protegerla. Cuidarla en la salud y en la prosperidad. En la enfermedad también. La única forma de vivir es en el fuego, que la lumbre alimente nuestras venas, que el fuego lama nuestras mejillas y se vuelva nuestra lengua. Apreté los dientes del enojo, porque sentía que la vida era demasiado injusta conmigo. Ahí estaba esa niña que crecería para ser ladrona. Usaría ropa sucia. Gatearía en aquel piso podrido. Pasaría fríos. Hambre. El silencio se rompió cuando alguien puso, en una casa cercana, una vieja canción grupera. La tonada alegre aceleró mis nervios, Carolina no tardaría en regresar. Crecería siempre sucia, con ropa robada. Iría a una escuela donde ni los alumnos ni los maestros querrían estar. No iba a estudiar ni a jugar. Tal vez sería seducida por el abuelo o el tío, como es normal en sitios donde se vive en multitud. Abuso infantil. Desnutrición. Crecería con resentimientos. Con odio. Abusiva. Se volvería fardera o zorrera. Ya mayor, andaría en shorts cortos por la avenida mostrándose, se contonearía, feliz, ante la mirada de los hombres. Una noche la perseguirían, primero para asustarla; después, al calor de los golpes, los gritos y las mordidas, la violarían para dejarla tirada en un terreno baldío. Otra bebé que crece para destruirse. Otro bebé que crece para joderle la vida al otro. Para arruinarlo. ¿O se volvería adulta para matar? Para visitar nuevamente la cárcel. No. Un asesinato frío al momento de un robo. La cárcel.

Debía rescatarla. Sí, eso, esa era la palabra.

Debía…

Casi en automático me puse de pie. Envolví a la niña en unas cobijas y, cuando empezó a llorar, pensé en dejarla en su sitio. Puse mis manos grandes sobre la boca pequeña, la nena seguía llorando. Lloró cuando salí al patio delantero y vi tras la burda pared. El aire frío. Sentí que Carolina ya estaba en la puerta de entrada. De un par de pasos, llegué y la abrí. Las bisagras chirriaron. Volví el rostro hacia la orilla del callejón que topaba con las vías del ferrocarril. Aparecieron sombras. Empecé a caminar rápido. La pequeña no dejó de llorar cuando salí de la casa ni al dejar atrás el breve sendero ni al salir a la callejuela ni ante mi respiración agitada ni cuando rodeé la calle a paso rápido ni cuando me detuve, asustado, al ver a un par de mujeres que salían de una tienda ni cuando me paré en un momento, electrizado por el robo, con el corazón bombeándome de placer y ante la incredulidad de lo que había hecho.

La niña lloró su robo; lloró por su madre y por su padre, por el sitio caliente en las cobijas del que era arrebatada. La paternidad es algo que se arrebata. No es algo que esperas. Se la arrebatas al placer. Se la arrebatas a la vida. Con furia y saña, sangre y mierda, nacen los hijos. Me hallaba en mi conversión a padre; sentía los pies de plomo pero, al exterior, mostraba un rostro apacible. La niña ahora, para mi sorpresa, en silencio, mansa. Tomé eso como un signo de aprobación. Llegué al coche y deposité a la bebé a los pies del asiento del copiloto. No miré hacia atrás. No supe si Carolina me perseguía. Nada. Simplemente encendí el motor y avancé. Debía llamarle a Irene, pero entonces supe que no llevaba mi celular. No lo traía conmigo. Se me había caído pero, ¿dónde? ¿Con los ladrones, en las callejuelas, dentro del coche? Me detuve y busqué sin encontrarlo. Ese fue el único momento en el que dudé aunque el motor ya impulsaba el coche, mis manos en el volante y las calles se iban quedando atrás rápidamente. Todo el coche era un ramillete de nervios alterados. No pude dejar de espiar por el espejo retrovisor. Cada camioneta detrás de mí eran ellos. La había robado. No. La había adoptado. La había salvado. Esa última palabra de la que ni hoy estoy arrepentido.

Salí a la avenida y, ¿en qué momento llegué a casa? Bajé con la bebé y entré, esperé en la cocina, paciente. Abril salió por debajo de la mesa, pero no interactué con ella. La gata se paseó entre mis piernas. Pasó una hora en la cual la bebé volvió a llorar. Sus berridos podían alertar a los vecinos. Al fin oí un coche que se detenía, un taxi tal vez. Esperé unos segundos y la puerta se abrió. No sé qué pensó Irene al verme con la bebé en brazos. Yo tenía que rescatarla. Ya no teníamos un bebé de plástico en casa. Nunca más. Irene alcanzó a decir mi nombre y dio unos pasos hacia atrás, temerosa.

—¿Lo recuperaste? —me dijo con cierta esperanza, para ahuyentar aquella certeza que iba abriéndole el cráneo, que aquello en mis brazos era real—. Quedamos de no volver por él, dejarlo en el monte.

Negué con la cabeza, entonces Irene apretó la garganta:

—¿Qué diablos has hecho?

Retiré la manta y le mostré a la bebé que seguía a llanto tendido. Irene negó con la cabeza y repitió la pregunta. En su gesto anidó el terror. Sus ojos hurgaron en mí. Soy el rescoldo de aquella mirada entre confusa y asqueada. Irene retrocedió, observó a Abril en el suelo. Una oleada de sangre le enrojeció la piel. Torpe, empezó a buscar algo en la sala, levantó al fin su bolsa, salió de la casa, llegó a la banqueta y sacó su celular, digitó unos números, se llevó el aparato a la oreja… Le dio la espalda a la casa. Ya veía a las patrullas del comandante Cuevas entrar por la puerta de la colonia. Me iba a delatar. Irene me iba a delatar. Seguía con la bebé en brazos cuando al fin retornó.

—Tengo un trabajo en el hospital —me dijo—. Tenemos amigos… Ya hicimos de nuevo nuestra vida. Debes regresarla.

—Irene.

—Es de Carolina, verdad. ¿Es suya, suyo? ¿Es de ella?

Irene se acercó. En sus ojos no había ni pizca de lágrimas. Observó los ojos grandes de la niña, sus pupilas cafés, el cabello escaso, los labios regordetes y apretados.

—Debemos irnos lo más pronto posible —la apuré.

Irene buscó el sofá y se sentó. Se llevó las manos a la cabeza. Abril se trepó en su regazo. Mi mujer deslizaba mecánicamente sus dedos desde la cabeza del animal hasta su cola sin alzar el rostro.

—Regrésala —me ordenó.

—Ya no puedo y, ahora que estás aquí conmigo y la has visto, también eres culpable; debemos irnos, Irene. No sé a dónde, pero no tardan en venir.

Me hallaba tan seguro de eso. Veía a los cuatro tras de nosotros. Nuestros nombres en sus bocas. Pesado es el olor de la huida. Irene se puso en pie y se acercó.

—No esperaba esto de ti —a medio camino fui hasta ella y la abracé por la cintura. Irene al fin rozó con sus dedos las mejillas de la niña que al verla dejó de llorar, se quedó quieta, con las energías al fin acabadas.

—Yo tampoco, pero está hecho.

—¿Y si nos persigue la policía? No sabemos huir.

Se detuvo, vacilante. Me pidió que le pasara a la bebé y, cuando lo hice, me quitó un peso de encima.

—¿Por qué te sigue doliendo? —dijo al fin—. ¿Por qué no lo dejas caer? Hace mucho lo hice, hace mucho dejé esto atrás y sólo veo cómo te has ido adormeciendo. ¿Puedes ya olvidarlo?

—No puedo… no quiero. Sé que tú perdiste más que yo…

—Eso no importa. ¿Quieres hacerlo, en serio?, ¿por cuánto tiempo quieres ser padre?

—Toda la vida.

—No sabemos huir.

—Aprenderemos… Confía en mí.

Al fin suspiró y me regresó a la niña.

—Debo pensarlo.

Subió a nuestra habitación y pensé que le llamaría a la policía, a Becerril, a cualquiera que pudiera aclararle ese panorama. La imaginé tecleando los dígitos de la policía, hablando con el comandante Cuevas. Sí, licenciada… no le creo, licenciada, no haga nada, ya vamos para allá. Me tenía en sus manos. Podía irme solo. Abandonarla. Irme con mi hija. Cuando volvió, traía dos maletas. Fue al patio y regresó con la transportadora. Yo sentía, a cada segundo, que los ladrones aparecerían frente a la casa.

—Abril viene con nosotros.

No batalló para meterla a la transportadora. ¿Cómo salen los ladrones de una casa? Con lo que pueden, con lo que no llama la atención. Salen tranquilos, sin realizar aspavientos. Eso haría. ¿Cómo muere un bebé? ¿Cómo se le rescata? Cuando era niño, me contaban la historia del ángel exterminador que había asesinado a los primogénitos de Egipto. Aquella historia siempre me pareció aterradora. Hay gente que se enamora de Noé y el arca, otros de la escena de la resurrección, unos más de la imagen del jardín edénico. Para mí, la Biblia y Dios están condensados en esa historia. Ahí se encuentra todo: Dios que asesina recién nacidos aquí, allá, en el Viejo y en el Nuevo Testamento.

Irene iba silenciosa cuando salimos de la colonia sólo con lo que llevábamos puesto. Rodeé el llano y pasé por el sitio donde, un par de semanas atrás, habíamos dejado al *reborn* y la carriola. Sé que los ojos de mi mujer se fijaron en ese lugar cuando lo dejamos atrás. Empezó a llorar como quien ha perdido una casa, un castillo, a su hijo. Pero, ¿no veía que había recuperado la casa, el castillo, al hijo?

—¿Olvidas algo? —le pregunté cuando llegamos a la avenida.

Entonces abrió la bolsa y me mostró el cheque que nos habían dado en la aseguradora. Lo miró largamente y tras eso lo rompió.

Esa noche, el ángel exterminador volvió a descender para llevarse a los primogénitos, raptaba uno de una casa miserable junto a las vías del ferrocarril pero, en lugar de llevárselo, me lo entregaba. Lo pagaba a un precio muy caro, con sangre en las manos. Habíamos dejado en la otra casa la imagen más preciada para nosotros: la única que tuvimos de nuestro hijo antes de nacer: una ecografía parda, ocre. Luego, el ángel exterminador entró en mí como un espíritu que se había desdoblado, tomó control de mis manos, de mi esófago y la tráquea, se apoderó de mi húmero y los nervios. Con el siguiente llanto de la bebé en esa larga noche, lo supe. Los hijos son un eco de la muerte por llegar.

No desearás la muerte del hijo o la hija de tu prójimo, ni las mañanas en las que sale con ellos al parque ni las tardes cuando los lleva de regreso a casa después de jugar un rato en el parque; no desearás ni sus risas ni el suave olor del hijo recién nacido ni sus lloriqueos en la madrugada ni las primeras miradas con las que los hijos empiezan a sentir que están en un nuevo mundo y que tú eres la suma de todas sus esperanzas; no desearás los primeros pasos del hijo de tu prójimo ni los primeros balbuceos ni las primeras risas ni la forma como aprietan las manos ni esas miradas fijas en un punto de la casa; no desearás su muerte para que tu prójimo pase por el largo desfile de la humillación por el que has pasado ni desearás que se derrumbe frente a su cama y llore toda la noche con la quijada trabada, con la mirada perdida también en la oscuridad, ni desearás que tenga un cuerpo para despedir porque tú no lo tuviste; no desearás la muerte del hijo de tu prójimo porque él sí lo tiene; sí tiene a su hijo o hija, sí tiene la cuna y los pañales, el nombre, su apellido dejado como marca de fuego sobre su hijo, la esperanza de verlo crecer, la burda ilusión de que ese hijo o hija será alguien; no desearás que una noche se les pierda y que tarden en encontrarlo y todo quede en un susto porque el niño estuvo ese tiempo escondido ni desearás llevar a ese hijo a la escuela a enseñarle las matemáticas o la

historia, ni desearás regañarlo porque no deja de llorar o porque
ha hecho un berrinche y debes pegarle con la mano, un golpe bien
dado en las nalgas como aconsejan todas las viejas madres de
esta tierra; no desearás verlo crecer y verlo dormir y oírlo decir
sus primeras palabras y oírlo llorar sus primeras lágrimas ni
oírlo decir el primer "no" ni estar al pendiente en la madrugada
sin dejarlo dormir porque al día siguiente le harán estudios; no
desearás eso que ya no tienes, que nunca tuviste, que se te escapó de las manos, y menos ese festejo estúpido del día de los padres,
esos festejos que ocurren cuando se tiene un hijo: los cumpleaños, el día de la madre, la primera hora incierta del kínder, la
compra del uniforme, los zapatos gastados; el grito de: ¡Papá,
papá!, durante una noche de tormenta, para que el hijo de tu
prójimo se meta aterrado a tu cama y te abrace y que, al sentir
tu presencia, los demonios de la noche desaparezcan; sólo desearás esto: que el hijo o hija de tu prójimo no te lo recuerde; que el
hijo o hija de tu prójimo no sea una ofensa, que su presencia en
tu vida no lo sea, pero aún más, como un anatema, que el padre
de ese hijo no venga a ti con sus frases bobaliconas a hablar de
lo linda que es la paternidad, del ser luminoso que es ahora
cuando la profunda marea de la paternidad lo ha revolcado,
que no haga bromas con su paternidad y sus hijos imbecilizados
por su estupidez: que no se escude con el pretexto de que, como
es padre, tiene acceso a otras verdades del universo, porque si
lo hace, si el padre o la madre viene con sus lisonjas baratas, sólo
entonces tienes el derecho a desear que se le muera el hijo o hija:
que vengan las Erinias y corten la cabeza del hijo de tu prójimo, que lo arrastre el carro de guerra por los campos yer-
mos, que los arrebaten de sus camas para darlos de comer a los

perros, que se pierdan en el camino y sean llevados por extraños para sus goces solitarios, que los devore Saturno, que caigan sus hijos por las espadas de miles de Herodes, que las balas se lleven a sus hijos gracias a las amarillas ráfagas, que a sus hijos los quemen una soleada mañana de jueves y pataleen colgados de una soga mientras, bajo él, pasan los coches; que sus hijos desarrollen sus cánceres, que los encuentren en bolsas negras, sus gateos perdidos en el horizonte, que encuentren su cuerpo a la vera de los caminos, en las esquinas de las calles podridas de este mundo, en tambos oxidados para que tu prójimo se embarre de tu oprobio, para eso: para que esta tierra de frases huecas se llene de lo único que es real: la cobardía a la que quedan reducidos los padres por la pérdida del hijo, una cobardía luminosa y falsa y que no encuentra palabra en ningún diccionario del mundo; ninguna vocal de tierra y fuego para que, esa palabra que no existe, al fin encuentre un vocablo que no se pueda decir; un adjetivo sin carne, huesos sin memoria.

Para que el temor los calle.

Para que su turbación los golpee como la mordida de un escorpión.

Para que el pavor los desnude.

Para que el descrédito los manche.

Sólo entonces, con la muerte del hijo de tu prójimo serás vengado y se mirarán de igual a igual como los primeros hombres del mundo que tuvieron a sus hijos para verlos morir, la rabia florecerá en tu pecho como una orquídea que se vuelve luminosa.

Al recordar, no hay consuelo ni expiación.

Conduje afiebrado esas horas sin animarme a ir a un hotel o salir de la ciudad. Iba de una avenida inmensa a otra, con la bebé llorando en medio del tránsito. Irene trataba de calmarla pero lloraba más, intuía el cambio: en los olores, en la voz, en la forma como la sostenían otros brazos. Las luces de los coches a mi espalda me producían escalofríos. De una avenida inmensa entramos a una colonia de casas de interés social. Me detuve frente a un parque y solté las manos del volante. La bebé se tranquilizó. Desde ese sitio pude ver de cerca una cordillera de paredes calizas, piedra virgen con miles de millones de años que cercaba la ciudad hacia el suroeste.

—Hay que darle de comer. Por eso llora —balbuceó Irene.

Sabía lo que nos sucedería de ser encontrados.

Todas las madres del mundo vendrían contra nosotros.

Salimos de la colonia y me acerqué al primer centro comercial que encontré. Le pedí a Irene que aguardara en el coche y bajé con la mayor naturalidad posible; nada más era un hombre en el supermercado que iba a comprar la leche para su hijo.

La prisa siempre alerta. Hay una cadencia o lentitud en nuestros movimientos que nos delata. Aquieté mis nervios. La gente me bordeaba, indiferente. Una corriente de aire frío me abrazó en cuanto entré a la tienda. La música ambiental me produjo una sensación de confort, pero esta desapareció en cuanto me llevé la mano a la bolsa del pantalón para sacar el dinero.

No podíamos volver a casa. No debíamos regresar a nuestros trabajos. Se le llama Alerta Amber a la instrucción que llega a todas las dependencias del Estado cuando desaparece un infante. A eso debía sumarle la naturaleza rabiosa de los ladrones, sus nexos, imaginé camionetas negras recorriendo la ciudad con sicarios, halcones a la caza de nuestro coche.

Recordé una noticia, el robo de una niña en un hospital metropolitano. Las fotos de la bebé y de la ladrona salieron en todos los periódicos y noticieros de televisión. Los oficiales tenían un retrato hablado de la ladrona, una mujer que terminó por entregarse a los dos días. Algo se mueve en la sociedad cuando se roba a un niño. Todos se vuelven madres y padres, acechan a los posibles ladrones. La mujer confesó que no podía con las miradas y se entregó. "Pensé en la bebé", había dicho. Eso me llamó la atención. Se había llevado a la bebé a su domicilio y se la había robado para comprobarle a su pareja que sí era fértil y que el embarazo que había fingido por nueve meses era real. Las vecinas habían escuchado el llanto del bebé y habían dado aviso a la policía.

Era una mujer tonta; sin duda, yo podía vencer ese instinto terrible de entregarme. Era un padre. De nuevo. Además, contaba con un mejor camuflaje. La educación y cierto dinero en la bolsa. Podría morir por esa niña. ¿No es una locura? ¿Morir por una niña que acabas de secuestrar, pero que algo tiene de ti? Imaginé mi muerte en una vía de ferrocarril, frente a la casa de los ladrones que se hacían pasar por ropavejeros. Me darían dos tiros en la cabeza, rápidos, porque con los cobardes no hay que perder el tiempo.

La tienda exhibía ese orden que, por lo general, tienen los espacios donde se desea condicionar nuestra compra. Al principio, películas y vajillas, hasta el final lácteos, verduras y despensa en general. Me detuve frente a la panadería, compré donas y galletas; luego me encaminé al pasillo de las fórmulas lácteas para no evidenciar la compra. Entre las latas de leche Nido, los biberones y mamaderas de distintos colores, con los pañales que olían a manzanilla y baberos y mamelucos fui descubriendo de nuevo mi vieja paternidad dormida.

Tomé lo necesario. Me formé en la fila para pagar, pero las miradas incómodas de los clientes me alertaron; alguna mujer me sonrió cálidamente al ver los biberones que llevaba en brazos. Ellos lo sabían, un padre distingue al que no lo es. Ellos sabían que aunque comprara todo eso no era un padre de verdad. Entonces pensé en las cámaras de seguridad; siempre estaban en el techo, dentro de esferas negras. Traté de cubrirme, incliné el rostro sin éxito. ¿Por qué no había comprado todo aquello en una tienda local? Pagué apuradamente y salí, pero esa sensación de falsedad y de persecución me hizo toser. Dejé las bolsas en el suelo y entonces comprendí todo.

Hay gente que se queda inmóvil ante sus actos. Otros lloran. Soy de los que tosen. La garganta me empezó a arder, algo arañó mi esófago, sentía fuego en mi tráquea, aquellas espinas enterrándose en mis bronquios. Tosí. La carraspera me retumbaba en el cráneo. Los ojos se me enrojecieron. Mi garganta parecía estallar. La tos dio paso a cierto mareo, tanto, que tuve que jalar aire y limpiarme las lágrimas, un grito para recomponer las palabras muertas que traemos por dentro y que no podemos traducir en vocablos. Gritar esa palabra por la pérdida de mi hijo que, con los años, en lugar de alejarse se había vuelto tan cercana. Ahí comprendí que de mi hijo yo amaba su muerte y eso me avergonzó. Un hombre debería medirse más por lo que grita que por sus silencios.

Un viejo se acercó y me dio a beber un poco de agua. Me recargué en la pared, las manos me temblaban… me había robado a una bebé… La tos me había hecho llorar y alertarme al hecho de que había robado una recién nacida… Repetí la imagen: la había tomado de aquella cama y me la había llevado conmigo. Jalé aire, sediento. Ellos nos habían robado. Ellos nos habían dejado aquel video para advertirnos que no nos acercáramos, que no dijéramos nada. Se lo merecían, sobre todo ella, Carolina. Pensar su nombre, repetirlo otra vez. ¿Cómo se encontraría en este momento? ¿Cómo serían sus lágrimas? Había perdido a su hija. ¿Cómo se traduce eso? La imaginé corriendo la calle, con José Luis, Martín y Horacio también, preguntándole a los vecinos si habían visto a alguien alejarse con su hija en brazos.

Llegué al coche, Irene se pasó al asiento trasero y se acomodó cerca de la transportadora. La gata maulló, débilmente, apenas un rezongo. Irene habló con ella y le dijo que era importante que se estuviera tranquila. Acto seguido, le cambió el pañal a la niña con tan mal tino que el nuevo se cayó en cuanto levantó a la bebé, y tuvo que repetir la operación. Movía los dedos con cierto temblor e hizo gestos de enojo al batallar con el adhesivo.

–Yo lo hago –le pedí.

–No… debo aprender.

El interior del coche se llenó del tufo a la mierda de la bebé. Irene manipuló al fin el pañal y me lo pasó, caliente. Salí y lo tiré en la basura. Acto seguido preparamos un par de biberones que la niña apenas paladeó antes de expulsarlos con la lengua.

–No le gusta, déjame voy a la tienda para que me calienten el agua para el biberón.

Irene salió del coche y me asusté. Volvió mi miedo. ¿Y si no vuelve? ¿Si me denuncia? Me iba a dejar con la bebé y esa sería su forma de lidiar con el secuestro. La miré por el espejo retrovisor abriéndose paso entre los coches, tomé a la niña, en cuyo rostro encontré seguridad, y me lancé tras mi mujer. No se sorprendió al verme. Sus ojos lo decían todo, la había descubierto.

Compró un par de cobijas más decentes, además de otro tipo de ropa. Solicitó permiso para calentar el agua para el biberón en la zona donde vendían comida rápida. De regreso al coche, le quitó aquel sucio mameluco a la bebé, que ahora sí chupaba la nueva fórmula del biberón. En el silencio, sólo oíamos su esfuerzo al succionar la comida. A nuestro alrededor, la noche en su avanzada había ido dejando solo el estacionamiento. Algunos transeúntes esperaban en las paradas del camión. Adentro del automóvil se estaba a una mejor temperatura pero, tras las ventanas, se percibía el cielo gris, la gente abrigada, cierta suciedad que sólo traen los días nublados, clima raro para la mitad de ese mes.

–Listo… ahora sí parece nuestra –dijo Irene cuando cambió la ropa de la bebé.

Lo mencionó apenas como un guiño, pero sí, era probable que, en algún punto remoto, ella fuera de nosotros; que una de las formas en la que nos apropiamos de los hijos sea cuando los poseemos con nuestras decisiones ínfimas como la ropa que les compramos, lo que les damos de comer, las historias que les decimos; que la bebé se pareciera a Irene o a mí al crecer, que adoptara algunas de nuestras manías pero también de nuestras virtudes: ¿qué más desea un padre de su hija? Los ojos de la bebé eran dos perlas negras. Irene era quien la llevaba en brazos. Pasé al asiento delantero, encendí el coche y decidí volver a la casa pero, en cuanto enfilé por la avenida, recordé que no podíamos.

–Vamos a la casa de mis padres –recomendó Irene–. Traigo las llaves.

Cuando llegamos ya era pasada la medianoche. Las adecuaciones casi estaban terminadas y lo único que faltaba era sacar de la cochera principal el cascajo y algunos materiales que habían sobrado.

Encendí la luz y la casa volvió a tener calor de hogar. Nos metimos en la recámara principal, que se encontraba al fondo. Irene cambió las cobijas mientras yo cargaba a la bebé que, después de comer, se había quedado seria, mirándonos fijamente para reconocernos. La acostamos en el sofá y nos quedamos ahí, mirándola, arrobados, si esa puede ser la palabra; arrobados por una recién nacida que finalmente se había quedado dormida casi sin necesidad de arrullo. Por un momento, pensé que todo era mentira y que oiría el lento corazón mecánico del *reborn*. Si levantaba a la bebé, el contraste de su temperatura con la piel helada del muñeco artificial me recordaría cuál era la realidad. Irene acercó un sillón amplio, en el que su padre había pasado muchas horas en espera de la muerte, cabizbajo, suelto de sí mismo, frente a la ventana de aquella recámara que daba al jardín. Me recosté en la cama y cerré los ojos por un instante, porque el estado de alerta había dado pausa a un sueño que ya me cercaba. Me despertó el llanto de Irene y, aunque me enderecé para apoyarla, rehusó la ayuda.

—Yo puedo —me contestó con aspereza.

Permanecimos en silencio el resto de la madrugada, meditabundos, desconfiados. No sé qué pensó mi esposa en aquella larga noche. Tal vez recordó la tarde en que perdimos a nuestro bebé, cuando íbamos con el grupo de Brenda y Alfredo o la tarde que llegó el primer *reborn* a casa y cómo lo sacamos de la caja con cierto temor, cuando le pusimos ropa nueva y nos quedamos viéndolo porque esperábamos que, de la nada, aquel bebé se volviera verdadero.

Hacia las cuatro de la mañana la bebé se despertó. Irene la cargó y empezó a arrullarla, pero la niña tenía hambre. Le preparé un biberón, afortunadamente el tanque de gas aún guardaba algo de combustible. Empezamos a caminar por la recámara para dormirla y, finalmente, nos quedamos en la cocina. Irene se sentó a la mesa en cuyas esquinas raspadas por el paso del tiempo se delataba su antigüedad, y me recargué en una repisa frente a ella. La pequeña succionaba con hambre. Luego la hicimos eructar. Irene sonrió al oír aquello; era una bella sonrisa tímida.

—Debemos darle un nombre. No podemos decirle "la bebé" —sugirió.

—Cualquiera le quedará falso.

La niña ya no se durmió, pero había otras cosas de las cuales preocuparnos como irnos de la ciudad, vaciar nuestras cuentas, abandonar nuestros trabajos, escondernos.

—Nadie conoce esta casa, Alberto, y no podemos dejar nuestros trabajos… debemos conseguir también un acta de nacimiento… —Irene intentaba tomar las riendas, pero sabía que si la dejaba íbamos a perder.

—Pero nadie nos va a creer que la acabamos de adoptar. Además, los ladrones nos buscarán. La policía. He leído sobre robos de niños y la mejor oportunidad que tenemos es el movimiento. Debemos dejar todo. No podemos vivir encerrados.

—¿Te robaste una bebé para vivir en cuatro paredes?

—La rescaté… y sí, debemos irnos.

—¿A dónde? ¿En qué sitio encontrarás la tranquilidad? La andas buscando desde hace años y no la encuentras; yo, al menos, tengo claro eso. Aprendí a vivir con eso.

—Ahí está mi tranquilidad —señalé a la niña—. Ya no estaré así… avergonzado de mí… si no puedo tener un hijo de verdad, al menos puedo arrebatárselo a otros.

Las paredes de azulejo de la cocina reproducían frutas y verduras; un mosaico que siempre me había parecido desagradable. Olía a encierro.

—Voy a calentar agua para bañarla, sigue oliendo demasiado a carbón.

Cuando terminamos de asearla, el sueño me venció y me dormí sobre un sofá que se encontraba en uno de los pasillos. No recuerdo qué soñé pero, al abrir los ojos, me incorporé con terror de que Irene se hubiera ido con la niña. La madrugada había dado paso a un sol que se perfilaba opaco. Empecé a buscarlas y las encontré dormidas en la cama.

En la casa no había televisión. Una fuerte necesidad de noticias me hizo salir a comprar el periódico en una avenida grande que se encontraba cerca. Al volver, recordé que no había bajado a Abril del coche. Me lancé hacia el asiento trasero y encontré la transportadora. Abril maulló con hambre al sentirme. ¿Cómo era posible que la hubiéramos olvidado por completo? Irene no me perdonaría dejar a la gata tanto tiempo sola. A veces discutíamos porque ella deseaba que Abril durmiera con nosotros, a nuestros pies, o porque me oponía a que, el día de su cumpleaños, el 14 de marzo, le regaláramos pescado fresco que Abril devoraba con curiosidad. Volví a casa con los periódicos y la solté en su nuevo hábitat. Rápido se escabulló debajo de uno de los sofás de la sala.

En los periódicos no venía noticia alguna de un secuestro infantil. Cómo deseé tener una televisión, aunque fuera vieja, para ver las noticias. Me pregunté qué tan difícil sería iniciar una nueva vida en aquella casa. Los vecinos nos conocían. Nos habían visto durante la temporada en la que Irene vivía ahí y cuando regresó a cuidar a su madre. No habíamos vuelto desde entonces, a excepción de los días en que supervisé la limpieza. El tiempo produce desconfianza entre personas que no se han visto en años. No era buena idea que la gente nos viera en una casa durante mucho tiempo abandonada y que llegábamos a habitar con una recién nacida. Además, debíamos resolver la cuestión de los ladrones. Tarde que temprano, darían con nosotros. Los imaginaba moviéndose en la oscuridad, con sus fauces ceñidas por la furia, lobos en la noche con toda su energía puesta en buscarnos, en dar con nuestro paradero. Debíamos movernos de ese sitio.

Y entonces sonó el teléfono.

Cuatro timbres nerviosos inundaron la casa. Cuatro. Irene se despertó y entró a la sala donde me encontraba con la bebé. Aquel aparato era de los viejos, de antes de la revolución digital, con un disco grueso para marcar y una carcasa color pastel.

—Contesta —me urgió, pero no lo hice. Cinco timbrazos después dejó de repicar.

Al mediodía volvió a sonar el teléfono y, de nuevo, aquello nos alteró. La bebé necesitaba más comida, ropa, agua caliente, frazadas; nosotros, algo de comer, porque en la casa no había ningún comestible. Nos salvaron del hambre algunas papas y refrescos que había comprado en la mañana, pero por la noche fue necesario que saliera por algo más sustancioso. Cosa que me producía terror.

Al día siguiente, supe que necesitaba volver a la casa, a nuestra casa, tomar algo de ropa, vigilar y confirmar que los ladrones no habían dado con nosotros. Cerrar ahora sí con llave, traer con nosotros algunos documentos, lista que Irene afinó. Apenas teníamos tres días en la casa de los padres de Irene, cuando supe que no había otra resolución. Habría que borrar cualquier evidencia de nosotros en la casa desvalijada. Antes de irme le pregunté a Irene, con torpeza, si al volver la encontraría en casa, con la bebé.

—¿Has visto a Abril? —esquivó mi pregunta, pero noté cierto desconsuelo en su mirada.

No había visto a nuestra mascota desde que la había dejado suelta por la casa.

—Estoy preocupada por ella —agregó.

Empecé a caminar; no deseaba sacar el coche. Las avenidas me traicionaron. Las calles. Deambulé hasta perderme un poco en aquella zona de la ciudad: di con bodegas en las que hombres descargaban tráileres de doble remolque, calles con demasiados baches: yo era esa calle. ¿Quién llamaba a casa? ¿Por qué el teléfono seguía sonando? ¿Hasta dónde puede ir un padre con el fin de encontrar a su hijo? Me vino en ese momento la imagen de la ladrona de la bebé del periódico, la que se había entregado a la policía. Le habían dado más de veinticinco años de sentencia y, aún tras las rejas, había dicho que no estaba arrepentida. Ese era el tipo de padre que deseaba ser.

La colonia estaba tranquila. El nuevo guardia de seguridad no me reconoció, pero le mencioné la dirección de casa y me dejó entrar. La caseta de vigilancia ofrecía una apariencia tísica. Di un rodeo para salir por una zona del parque desde la cual podía tener acceso a la fachada de la casa. Quería mirarla, estar al tanto del movimiento a su alrededor. El parque tenía muchos árboles y no era difícil esconderse en él. La colonia se mantenía sumida en una especie de sopor. No había niños a esa hora en la calle; reinaba el silencio.

Esperé una media hora sentado, casi inmóvil, aunque en ningún momento abandoné la desesperación que traía a cuestas. Las cartas estaban echadas. De mala gana me puse en pie cuando un vecino pasó y me saludó. Iba de camino a una pequeña caseta en el parque en donde se encontraban dos máquinas expendedoras de refrescos y galletas. El hombre, con quien había charlado una vez en la única junta de vecinos a la que asistí, me preguntó si me había enterado de lo que había pasado la noche anterior: unos jóvenes de otra colonia se habían metido al parque y destrozado unas bancas. Había ido la policía a tomar nota de los desperfectos.

Transcurrió otra media hora y la tarde empezó a caer. No. Los ladrones no volverían a esa casa. Por un momento, tuve la sensación de que me podía salir con la mía. Caminé con paso decidido y entré. La puerta se encontraba abierta, pero lo que descubrí adentro me desconcertó. Las paredes estaban rayadas. No era el trazo que antes habían dejado los ladrones, sino otro, una caligrafía diferente con iniciales de rasgos erráticos. No me alerté. ¿Qué caso tenía? Imaginé a los hijos mayores de los vecinos entrar a la casa y darse un festín con las paredes abandonadas.

Empecé a merodear por la sala, a recoger cualquier papel que pudiera necesitar, incluso algo de ropa, pero cuando entré a nuestra recámara habían movido la colchoneta y las sábanas estaban revueltas unas, otras abandonadas en la esquina como vestidos gastados. ¿Quién más podría tener interés en aquella construcción? Sólo nos habíamos ausentado unos días. Tuve lástima por mi casa. Recordé los meses de búsqueda para encontrar una que nos satisficiera a cabalidad. Esa había sido la mejor. La recibimos un martes y nos mudamos con muchas expectativas. Ahora se quedaría sola, subiría la lama por sus paredes. El polvo, como en un cuento, lo cubriría todo.

Lo más valioso que guarda el pasado son las mejores versiones de nosotros. Recordé la vida que tuve en la casa y vi cómo se consumía en silencio, como un hongo que pudre todo con lentitud:

yo leyendo,

frente a una pantalla de televisión mientras reía descaradamente por algo que decía el Ray de *Everybody Loves Raymond*,

aburrido ante la pantalla de la computadora y dando *likes* a cosas que ni me interesaban,

preocupado por una receta de cocina que prepararía por la tarde o discutiendo con alguien por el uso correcto de las preposiciones…

en la ciudad, en una cafetería, en una conferencia; ahí, pero ausente, con esa sensación empalagosa de no poderlo olvidar, de sentirme a la mitad: medio hombre, medio padre.

Antes de salir, tomé una agenda que había en una saliente e hice algunas llamadas. Primero hablé a mi oficina para pedir más días. Mi jefe se enojó, pero le comenté que no podría regresar en una semana. Amenazó con correrme, pero luego regresó su cordialidad. Quedé en enviarle los pendientes desde casa, aunque no lo haría. Después hablé al hospital, me comuniqué con el jefe de Irene y le informé que no asistiría la próxima semana por un viaje imprevisto. Le hablé a Bernardo, su amigo, y repetí la historia.

Al final, hablé con Carlos Becerril. Le dio gusto oírme o eso fue lo que parloteó del otro lado del teléfono. La voz se le notaba algo jovial.

—Necesito que siga vigilando a los ladrones —le indiqué—. Hoy mismo le deposito sus honorarios de los siguientes meses.

Carlos me preguntó a qué se debía eso.

—Es miedo, sólo eso.

—Licenciado… –apuró a decir, pero lo contuve.

—Sólo observe y apunte, yo me comunicaré.

Tomé un taxi y pedí que me acercara hasta la colonia donde se situaba la vieja casa de los padres de Irene. Le pedí al conductor que sintonizara las noticias. No había nada, pero sabía que era cuestión de tiempo para que la jauría se desatara tras nosotros. Bajé en una avenida cercana y anduve a paso lento. Venían chicos a mi paso, mujeres con sus hijos, pero nada inusual. Cada que llegaba a una esquina volvía el rostro hacia varias direcciones, pero nadie me seguía. Llegué a la casa y respiré con tranquilidad. Irene me salió al paso. Le entregué los papeles y le pregunté dónde había dejado a la bebé. Fui hasta donde estaba, la cargué y empecé a arrullarla. Era tibia en mis brazos, casi como un juguete. Sus cejas me llamaban la atención, el color de su piel.

—Hablé a tu trabajo, les dije que faltarías una semana.

—¿Y ahora? ¿Ya pensaste a dónde nos vamos a ir? Volvió a sonar el teléfono, pero no quise contestar.

—¿Qué les dirías? No tenemos respuestas para nada.

—¿Y si regresamos a la casa? Si nos compramos otra, en alguna ciudad distante.

—Esa ya no es casa nuestra.

—No sé, ¿quién puede desconfiar de unos recién llegados con dinero?

—Los de siempre.

—Alberto…

—Necesitamos irnos. Dejar la ciudad, escondernos, morir y andar otros caminos. No somos tontos, podemos hacerlo.

—Debemos vender el carro. No sé por qué rompiste el cheque.

—Si no lo sabes, no tengo nada más que decir.

La bebé balbuceó. Movía sus manos asiendo algo que sólo ella podía ver.

—Busquemos a mi nana —dijo mi esposa—, tengo los nervios destrozados. Necesito estar con alguien que no me dé terror y me pueda ayudar con la bebé. Es mucha carga. Ya lo pensé bien y es la única solución que encuentro. Lo malo es que no sé dónde vive, sólo sé que es un pueblo por Zacatecas, pero es lo único.

La nana Amparo. Recordé el día que fuimos a dejarla a la central de autobuses. La vieja se notaba triste por el abandono pero, al mismo tiempo, sabía que aquello era impostergable. Era una mujer generosa y, como todas las nanas del mundo, quería a Irene como a la hija que el trabajo en casa de unos extraños no le había permitido tener. La nana no era una mala decisión. Era la única figura materna de Irene. De manera provincial, recordé que la dirección estaba en la bolsa trasera de uno de mis pantalones sucios. Fui por él y regresé con el papel que le extendí a mi mujer.

—Lo descubrí hace días, no hay más que decir.

Irene me siguió hasta la cocina con la bebé en brazos. En una charola había un poco de comida que pedimos. Acordamos que sería ella quien haría la llamada.

—De aquí no, habla de un teléfono público. ¿Volverás?

Irene apretó los labios.

—¿Por qué insistes con eso? Me hubiera ido desde hace horas —me contestó con enojo, quería decirme algo peor, pero las palabras se le habían secado–. Traeré algo de cenar.

Al volver, me contó que abordó un taxi. Le ordenó al conductor que se dirigiera a una colonia cercana y se bajó afuera de un depósito. Ahí cambió un billete, se compró una botella de agua y se encaminó a una caseta telefónica.

–Me sentí perseguida –lo dijo con cierta angustia–, por eso me tardé.

–¿Qué te contestó?

–Nos espera, que le dará mucho gusto. ¿Sabes dónde queda El Sartejonal? Está casi en los límites de Zacatecas con San Luis Potosí.

No sabía nada de ese sitio ni dónde se encontraba o si era adecuado para esconderse una temporada; no sabía de El Sartejonal ni su horizonte ni la manera como caía la tarde tras sus sierras. Pero lo sabría. Así que busqué en un viejo mapa que estaba en la casa, en la oficina que había sido el centro de operaciones de la empresa de los padres de Irene, y tardé en dar con un camino que nos llevara hacia allá.

–Mejor usa el mapa en el celular –sugirió Irene, recordé que el mío lo había perdido, pero no se lo comenté.

Esa madrugada dejamos la casa. Cerramos las puertas y volvimos a postrar mantas blancas sobre muebles viejos. Había hablado con un plomero que iría a revisar ciertas tuberías la siguiente semana, pero ya nada de eso importaba. Iría, tocaría a la casa por algunos minutos y luego se alejaría.

Batallamos para capturar a Abril, tal vez entendía que estábamos por aventurarnos en el desierto. Irene preparó el alimento de la bebé pero se olvidó de subir los pañales; lo supimos después. Aguardamos en silencio que cayera la noche. Casi al salir, volvió a sonar el teléfono. Lo escuché repicar cuatro veces y lo levanté. Del otro lado escuché música ambiental. Colgué de inmediato. Como a las dos de la mañana empezó a llover. La calle se oscureció por lo pesado de la lluvia. Salimos bajo el aguacero que lavaría nuestro andar apresurado por avenidas, cuando nos detuviéramos temblorosos ante los semáforos en rojo. La bebé guardó silencio un par de horas y después empezó a reír. Aún sigue haciéndolo aquí.

Quien huye deja un rastro. Todos los días andas por la ciudad, avanzas por avenidas atestadas, te detienes, bajas y compras el periódico o un refresco, vuelves a avanzar. Tus pasos se pierden en el horizonte pero, en cuanto huyes, aquellos movimientos imperceptibles se vuelven una traza, una marca que te persigue, que de alguna manera da pistas de tu paradero. Así me sentí al momento de cerrar con llave la casa de los padres de Irene, quien se acomodó en el asiento trasero –debíamos comprar una sillita de bebé para poder llevar a la pequeña; por el momento, la acomodamos entre almohadones. En el asiento delantero coloqué a Abril y, en la cajuela, nuestras escasas pertenencias.

El reloj del coche daba la una y media de la mañana. La lluvia había enlodado la ciudad, grandes bloques de agua se apeaban a los cordones de las banquetas. Los pocos automóviles que había en el tránsito avanzaban veloces, libres de tráfico. Nos encontramos con una ciudad muerta. Las luces de los semáforos marcaban un amarillo intermitente. Avancé hasta un cajero automático y extraje la mayor cantidad posible de dinero de nuestras tarjetas, el límite que marca el banco; era lo suficiente para vivir un mes o dos, dependiendo de los gastos.

Tomé hacia la carretera libre a Saltillo para evitar ser fotografiados por las cámaras de seguridad de las casetas y una hora después me encontraba ya en las afueras de Monterrey. Los cerros al lado del camino mostraban paredes afiladas y blancas. La lluvia servía también de cortina. Pesados tráileres avanzaban a paso cansino. Sus motores vomitaban sonidos fuertes y el agua despedida por las llantas ensuciaba el parabrisas. En la noche asmática pegaba la lluvia indolente, arrastrándose tras nosotros con sus manos heladas. Allá en el horizonte sólo se percibían breves destellos rojizos de los cuartos traseros de los tractocamiones.

–Tengo miedo, Alberto –dijo Irene cuando dejamos atrás una autopista y enfilamos por una carretera angosta. Ni una gasolinera cerca, ni restaurantes aledaños.

–Yo no tengo y, si me quieres, aférrate a lo que te digo. Lo vamos a lograr.

A veces nos adelantaba un coche a una velocidad exorbitante para las condiciones meteorológicas. En la noche, las luces iluminaban los silos de una cementera y le daban a la construcción un aire extraño. Pequeñas vulcanizadoras habían encendido botes con petróleo que alumbraban ciertos caminos hasta ellas entre la terracería. No conocía la capital de Coahuila, pero algo había investigado de la ruta en el teléfono celular de Irene. Tomé nota y, en una gasolinera, me deshice de él. Mejor andar sin tentaciones de la vida que dejábamos atrás.

Apareció la ciudad de Saltillo a lo lejos, desperdigada, fantasmal.

Enfilé hacia el oriente por un bulevar en construcción que nos sacó en varias ocasiones de la ruta, avanzamos a espaldas de grandes fábricas que, a esa hora, seguían en funciones. Largos trenes en la noche aguardaban a ser cargados. A veces, el camino me dejaba observar la ciudad: un espejo de luz difuso, mancha pétrea que, a través del agua, iba rompiéndose en pequeños islotes amarillos o blancos, un mechón oscuro de la ciudad, de nuevo la luz amarilla. El libramiento me pareció excesivo, una larga curva metiéndose en el desierto pero, al menos, con buena pavimentación. La bebé se mantenía tranquila. Avanzamos alrededor de hora y media a una velocidad moderada; por largos tramos, éramos los únicos en la carretera. Llegamos a una gasolinera y me detuve para cargar.

—¿Ya dejamos atrás Saltillo? —preguntó Irene.

—Ojalá.

Acto seguido, se encaminó a la tienda de la gasolinera. La seguí con la mirada hasta que me acordé de la bebé y me entretuve con ella. Tenía un cabello ralo, orejas medianas, aún no le nacían los dientes,; incluso con aquella ropa nueva pertenecía a otro mundo, era como un borrador de nuestra hija, aún sin definirse a nosotros. Irene regresó con dos botellas de agua, un refresco y un café que humeó de camino al coche. El Sartejonal se encontraba, al menos, a doscientos kilómetros de distancia siguiendo la libre. Me dolían la espalda y los hombros. Le di un trago a la botella de agua para refrescarme; regresé al volante del coche e Irene con la bebé. Antes de entrar a la carretera, di una ojeada a la gasolinera: sus rótulos, el despachador que había vuelto a acurrucarse en una silla y cruzarse de brazos…

¿Qué tan fácil es borrarte de tu vida en menos de una semana? Construir una identidad, una ideología. El que huye debe renunciar a sus ideas y sentimientos y quedarse sólo con los que le permitan escabullirse.

Hace años, un adolescente asesinó a los hermanos de su novia y a esta la hirió en el cuello, con tan mal tino que la chica sobrevivió. Encontraron al joven asesino junto con su hermano abordando un autobús en Tapachula para internarse en Centroamérica. Como todos en la ciudad, perseguí la noticia con interés. Era usual dedicarle algunos minutos a la hora de la comida. "¿Cómo va el caso de la chica?", se preguntaban todos. Cuando los capturaron inició un proceso aún más cómico. Surgió el machismo de la ciudad. Que el joven era inocente, que las malas eran la chica y su madre que se dedicaba a leer los astros en un programa de televisión. A la señora se le acusaba de tener amoríos con el asesino; a la chica, de planear el asesinato, incluso de mover las riendas del asesino en el momento preciso. La sociedad se dividió. Algunas muchachas alentaron al joven asesino. Usaban playeras con su rostro y clamaban por su inocencia. Cuando las entrevistaban decían que el asesino era muy guapo mientras que la novia, que seguía en el hospital, era una mosquita muerta. Lo que me interesaba era la huida de los chicos. Los imaginaba escondiéndose en hoteles de paso, comiendo en fondas, siempre alertas pero visibles, fuera de sitio, fácil para señalarlos porque no encajaban a causa de la prisa. Tal vez si se hubieran quedado en Tapachula se habrían salvado, pero siempre llegaba a la conclusión de que ellos mismos se habían delatado; vestían camisas bonitas, tenis de buena marca, con seguridad habían comido en un buen sitio esos dos días. Huían de la ciudad pero llevaban en sí el germen que los delataría: la incapacidad para esconderse de sí mismos. Nosotros íbamos en un coche y eso dejaba demasiadas pistas, como el que Irene fuera por un par de botellas de agua; pero esperaba que la noche nos sirviera de disfraz.

En eso pensaba cuando encontré a lo lejos un retén de la policía federal. No podía detenerme y volver. Le pedí a Irene que mantuviera la calma y que le diera de mamar a la pequeña. La idea le disgustó, pero imitó el acto. Una parte de mí se dolió por obligarla a hacerlo y supe, al mirarla a los ojos, que aquella era una traición que empezaría a alejarnos. Era un retén de los muchos que había en el país. Las largas filas de los tráileres volvían lento el avance. Puse las intermitentes del coche y, cuando nos tocó el turno de pasar frente a la máquina de rayos x, nadie vino a detenernos, nadie nos pidió que nos orilláramos, nadie nos requirió el acta de nacimiento de la bebé. Vi el pudor con el que Irene se quitó a la bebé de sus senos pequeños. Adelante, los policías aluzaban con sus lámparas en señal de avanzar y eso fue lo que hicimos.

Qué larga noche fue esa. Avanzamos por una hora más, adentrándonos en ella. Yucas al lado del camino, anuncios en amarillo para señalizar curvas imprevistas, lejanas luces en la sierra de casas, perdidas fábricas de cemento.

Cambiaba de luces bajas a las altas, parpadeaban en la noche los anuncios verdes que informaban que allá, adelante, se encontraba Zacatecas o retornos o gasolineras.

Había dejado de llover desde horas atrás, pero el frío del desierto empañaba los cristales del coche. Me pesaban los ojos. El cansancio a cuestas en la espalda descendía hasta la cintura. Kilómetros adelante, apareció una gasolinera en la que nos detuvimos. No quería pedir información, pero me encontraba perdido. El despachador se rascó la cabeza al oír mi pregunta y le llamó a otro hombre, uno anciano que vestía pantalón de mezclilla y traía, a pesar de la noche, unos lentes oscuros y un sombrero de ala corta. Esta gente, me di cuenta, quiere retrasar la partida de los extraños.

Me recomendó que nos quedáramos a dormir en un hotel a unos kilómetros de distancia, cuyos dueños eran los mismos de la gasolinera, y que saliéramos con el sol. Le contesté que era imposible, teníamos a la mamá de mi esposa muy enferma y debíamos llegar esa misma noche. El hombre estornudó muy fuerte y volvió a vernos con cierto aire distraído. Terminó por darme el santo y seña, que agradecí dándole un poco más de propina. El hombre se santiguó con ese dinero y nos despidió. Tenía en la boca un cigarro apagado.

De nuevo, en la carretera, pensé en Carolina. Una serie de preguntas sobre su condición surgía en cuanto la carretera chupaba mi atención con su monotonía oscura. Imaginar su sufrimiento me causaba cierto placer. Que sepa por lo que pasé. Que llore. Que se enoje si quiere. Tengo a su hija y no la voy a regresar.

Un tráiler que iba más adelante, en nuestro mismo sentido, invadió de golpe el carril por el que íbamos. Frené lo más rápido que pude. La transportadora golpeó con la consola del coche. Irene gritó y la bebé volvió a llorar. El coche coleteó un poco pero lo pude mantener dentro de la carretera. Aferré bien el volante y toqué el claxon varias veces hasta que el tráiler regresó a su línea. Encendí las luces altas para alumbrar al chofer pero, como respuesta, el trailero empezó a frenar con motor; oí el ronquido de la máquina en la noche, el sonido desparramándose en la oscuridad. Aceleré y me emparejé a la altura de la cabina del chofer pero no podía verlo. Estuve a esa altura por unos minutos y el conductor activó de nuevo claxon de manera insistente y activó las luces altas: seis pesados faros iluminaron el asfalto mientras el ruido se disparaba en el valle despoblado que era la noche.

Entonces lo vi.

Allá adelante, en la carretera, como un fantasma, trotaba un potrillo.

Dejé atrás el tráiler que había bajado la velocidad y me fui a la zaga del potro que seguía en aquel ir desesperado.

—Pobrecito —murmuró Irene.

Por unos metros, tal vez cien o doscientos, me fui atrás del caballo, alumbrándolo con los faros altos del coche. Oía el sonido metálico de las herraduras: dando una y otra vez, rítmicamente, contra el asfalto. Se veía muy delgado, joven, el aire agitaba sus crines cuando me le emparejé al animal sin saber qué decisión tomar. Ahora iba a no más de cuarenta kilómetros por hora, al ritmo del potrillo. Trotaba con el hocico abierto, asustado, la lengua afuera. Sus ojos boludos y cafés. Esa mirada de terror que a veces surge en los animales. El golpeteo de las herraduras contra el asfalto era un estruendo sólido. Tenía el pecho ensangrentado, tal vez al pelear con la cerca del corral del que había escapado. Por el frío, de los ollares del animal salían exhalaciones en difuminadas manchas de vapor que se perdían en la noche. Pensé en la yegua que lo había perdido, en el granjero que lo echaría de menos; pensé en todos los potrillos que escapan sin saber para qué, para perderse en un mundo del que ignoran todas sus formas. Irene me pidió detenerme, que sacara al animal de la carretera pero, ¿qué ganaba con eso? Para qué. Atrás, no muy lejos, avanzaba el tráiler también a la espera de que dejara atrás al equino.

Pensé que eso éramos en ese momento: Irene y el bebé, yo: ese potrillo que avanzaba en la noche, asustado, empalidecido, con las luces blancas del tráiler, afiladas en sus costados, luz que mella la oscuridad, luz que viene tras de nosotros y que, en el concierto de la huida, alumbra metros y más metros de la carretera adelante para que el potrillo y nosotros pudiéramos mirar el borde sucio de la carretera y no nos cayéramos del otro lado de la noche. Irene insistió en que no lo abandonara, que nos quedáramos con él. En un par de horas ese potrillo se iba a cansar y saldría de la carretera y se quedaría ahí, inmóvil, sin recordar siquiera que había corrido muy lejos de casa. Bajé la ventanilla; saqué el brazo para intentar rozarlo siquiera, quería raspar la piel pero el potro se abrió y empezó a trotar más rápido, cada vez más, el sonido de las herraduras, el aire frío en el rostro, así que aceleré suavemente. Decidí continuar. Atrás quedó el potro que se afanaba por alcanzarnos hasta que lo vi, por última vez, en el espejo retrovisor: caballo flaco de la noche, luminoso de la noche, caballo de la muerte en la noche hasta que las luces de los tráileres se comieron su pálida efigie y lo desaparecieron como si, al fin, lo hubieran atropellado. Un caballo de la noche con el pecho tinto en sangre.

El nuevo camino que había tomado era angosto y se encontraba en mal estado. El reloj en el coche ya daba las cuatro de la mañana; el frío exterior me había obligado a encender el desempañador. En el valle no se veía nada, sólo la oscuridad carbonizada. El sueño me cerraba los ojos. En mis brazos cansados se tendía el estrés de la víspera. En la boca reseca sólo quedaba un viejo resabio a café. Quería llegar esa misma noche aunque el camino parecía más peligroso que la oscuridad. Un par de veces se me atravesaron liebres que saltaron de un lado a otro de los bordes apenas iluminados por los faros delanteros. La bebé había empezado a llorar de nuevo, pero Irene estaba tan cansada que desde una hora atrás dormía sin hacer caso a la pequeña.

Me encontré con un desvío. La pálida carretera se encontraba en construcción y metí el auto a un terreno polvoriento. Era tal el polvo que impedía la visibilidad. Avancé con el motor en primera pero aun así le pegué a dos piedras que golpearon el piso. Abril maulló y el golpe despertó a Irene. Del otro lado, los arbustos espinosos.

Seguí avanzando y, metros adelante, surgió de nuevo la carretera.

—¿Qué tan lejos estamos? —murmuró Irene.

Conduje a velocidad moderada. Encendí la radio pero no escuché más que estática. Arriba, breves nubes de inciertas alturas andaban desperdigadas, la luna no se encontraba formada en su totalidad, así que hundía al valle en una nata más negra que de costumbre. Tras subir una cuesta, descubrí un amplio valle que se extendía por kilómetros, tan extenso que el horizonte parecía finalmente caerse en sus orillas. Algunas moles de piedra andaban por aquí y por allá. A lo lejos emblanquecían las luces de un pueblo, no muy grande, pero antes divisé una construcción chata y alta, hornos tal vez: una fábrica en el fondo del mundo. Los cerros me daban la sensación de que empezarían a andar a la menor provocación. Empezamos a descender por el camino. La construcción cercana resultó ser un rastro. Dos chimeneas por las que salía un humo carnicero remarcaban la noche. Irene se tapó las narices a causa del olor putrefacto que emergía del lugar. Se llamaba Procesadora Valdés, según pude leer en un cartel en la entrada. Había un gran rótulo con la imagen de un ejército de gallinas. El hedor nos acompañó hasta kilómetros adelante, cuando alcanzamos las primeras luces de la población. En la salida, estaban detenidos en fila varios tráileres cargados con pollos que no cesaban de piar. Las calles y el nombre de la población me indicaron que habíamos llegado.

Busqué la dirección que teníamos en el papel, pero el trazado no nos ayudaba. Detuve el coche cerca de una pequeña hilera de negocios: vulcanizadoras, talleres mecánicos decorados con cráneos de toros sobre la puerta de entrada, sitios que, como los otros que habíamos encontrado en la carretera, eran custodiados por tinajas de petróleo que ardían en su lenta combustión. Bajé la ventanilla.

Aquella fue mi primera inmersión en el mundo de El Sartejonal: el aire olía a pollos y bosta, pero era posible reconocer al final de ese embate un aroma silvestre, frío, de matorrales y tierra, de yucas y espinas: una tierra sin más olor que ella misma, sus hojas y sus animales, el olor de una heredad que, lo supe después, era todo aire, un aire que andaba a sus anchas por el extenso llano, sin cerros que lo bloquearan, sin ríos que bajaran su temperatura. Un restaurante familiar, así decía en un cartelón, y un negocio de artículos agropecuarios escoltaban los talleres. Salí a buscar alguna indicación de dónde me encontraba y me interné por una pequeña callejuela, apenas bordeada por algunas casas sencillas, como largas cajas de leche puestas sobre el suelo y con solares amplios. Allá adelante venía un hato de vacas y, tras ellas, un hombre joven y flaco que agitaba una pequeña vara con la que intentaba arrear a las bestias. Volví a la bocacalle y las reses pasaron junto a mí, abriéndose mansamente a mis costados hasta rodear también el coche. El pastor se me acercó y le pregunté por el rancho Camelia. El hombre ostentaba una mirada hosca, huidiza. Se rascó la palma de la mano, se la llevó a la boca para morderse el piquete de un zancudo.

—¿A quién busca? Así es más fácil.

—A la señora Amparo Sánchez.

—Ah… ¿Y para qué la busca?

Irene nos vio dialogar y bajó la ventanilla para ayudarme:

—Es mi nana.

El hombre se acercó a mi mujer y observó sin pudor el interior del coche. No tardó en descubrir a la bebé, que al fin se había dormida.

—Es por allá.

Apuntó con la vara hacia un pequeño camino que salía de El Sartejonal y trepaba una cuesta ligeramente alta en cuya cima se distinguía una luz blancuzca.

—En aquella casa vive doña Amparo. Nos avisó que llegarían como a esta hora y que, si alguien los divisaba, que les diera el empujón. Y aquí'stoy, dándoselos.

El hombre soltó una carcajada que dejó ver la oscuridad de su boca. Abordamos el coche, no sin sentir cierto resquemor de que la nana hubiera contado la noticia a todos… pero, apenas vi de nuevo el valle, supe que estábamos a salvo. ¿Qué nos podría alcanzar en ese sitio, tan lejos de todo? Cuando llegamos a la casa, la nana salió apenas oyó el motor del auto.

—Vi las luces del coche por la ventana de la casa y supe que eran ustedes. Desde aquí se ven todas las luces que vienen. ¡Mija! ¡Pásenle, pásenle! Adentro está calientito.

Olía a leña quemada y, sobre una estufa de carbón, se encontraba una tetera ennegrecida. La mujer vació agua caliente para café o para el biberón. Las tazas eran los mismos frascos de Nescafé a los que aún les quedaba el pegamento de las etiquetas arrancadas. Mi primera impresión fue el amontonamiento: discos, máquinas de coser, camas.

—¿Quién es esta preciosura? —preguntó la nana en cuanto Irene descobijó a la bebé.

Mi esposa titubeó, pero al fin lo dijo:

—Es nuestra hija, nana, nosotros…

—Siéntate, mija; siéntese, don Alberto… —servicial como siempre, la nana sacó un poco las sillas recubiertas con plástico y acto seguido levantó la tapa de una cacerola en cuyo interior había un guiso de calabazas, elote y carne de cerdo que olía delicioso.

—Coman; don Alberto, coma, ande.

Me volví al coche para bajar nuestras pocas pertenencias. Abril maulló, pero no quise sacarla hasta no saber cómo era el interior de la casa de la nana. Le puse algo de comida y regresé con agua que vacié en un contenedor pequeño. La gata salió de la transportadora y la dejé andar sobre los asientos del coche. Iba a encender la alarma, pero me detuve. Nadie se iba a robar ese coche. Aquella idea me quitó la ansiedad que traía conmigo desde el robo. Lo había hecho. Estábamos lejos de cualquier radar. La carretera frente a la casa continuaba vacía. En aquel amplio retrato de la noche que el horizonte mostraba, empezaba a vislumbrarse la tonalidad azulada del alba.

Cuando volví al interior de la casa oí que Irene le contaba a la nana una historia sobre los meses de embarazo, los antojos que tuvo, el peso de llevar un cuerpo extraño, la forma en que se le hincharon los pies, que usaba cremas para las estrías; a veces, al dormirse, no sabía de qué lado de la cama acomodarse para descansar; que la cansaba ir al sanitario a orinar a cada rato, los olores que le producían asco, los golpecitos de la bebé, el hambre… Escuché arrobado aquella narración fantástica. El embarazo de Irene era una lenta canción de cuna para mis oídos porque, al menos, la primera parte de ella sí había ocurrido; sí habíamos ido al doctor, sí habíamos tomado los medicamentos, sí habíamos comprado un juguete para el bebé e incluso ella tuvo antojo de nachos con miel. La nana se notaba convencida de las imágenes que se desplegaban ante sus oídos. Cuando la mujer le preguntó qué tipo de parto había tenido, Irene le contestó que natural y dicho eso, no sé por qué lo hizo, se levantó la blusa y mostró el vientre liso, sin marca alguna de cirugía. Mis ojos se detuvieron ahí. Irene se acarició el vientre una vez y después lo volvió a esconder, no sé si avergonzada.

—¿Verdad que los hijos duelen al nacer? —preguntó la nana.

Irene asintió.

—Qué linda niña —me dijo en cuanto se percató de mi presencia—, se parece al señor Alberto, mire —insistió—. Hasta tiene su naricita.

La casa donde vivía Amparo contaba con tres habitaciones construidas en fila, como el resto de las de El Sartejonal. La única puerta de madera era la de la entrada principal, el resto se simulaba con cobijas. En el primer cuarto se hallaban una mesa vieja y sillas astrosas, otras apiladas: una encima de otra, tres máquinas de coser y repisas donde se guardaban ollas grandes. Había una estufa de gas en la esquina pero su función, más bien, era de despensa y almacenaje. A un lado estaba una pequeña base de ladrillos que, en otro contexto, serviría de asador pero era la estufa de leña donde la nana cocinaba sus alimentos: un continente de grasa manchaba las paredes junto con el hollín que, en delicada flama oscura, lamía aquellos ladrillos de adobe. Lo demás eran cachivaches, un refrigerador pequeño, mesas, un sofá de dos piezas con una manta de lana encima, una ventana con cortinas gruesas y sucias.

En la habitación siguiente naufragaba la cama alta, gracias a tres colchones que también habían visto menguar su resistencia, imagen que me recordó aquella cama de la que había sustraído a la bebé. Varias almohadas se amontonaban en la cabecera y, tras ella, un santoral variado observaba cualquier movimiento desde un nicho. De varios ganchos amarrados con mecates a clavos en la pared colgaban bolsas de mercado, en cuyo interior había otras bolsas que, supuse, albergaban otras. Un par de roperos ocupaba una pared.

Al fondo se encontraba la pieza más pequeña de todas, cubierta la puerta con una cobija San Marcos, de algodón grueso, verde con rayas blancas. Ahí estaba otra cama matrimonial. El techo en la esquina se notaba un poco levantado pero la nana lo había tapado con periódicos y cinta canela. El polvo era la constante, aunque parecía que Amparo había procurado limpiar al menos la cama donde nos quedaríamos, y uno de los roperos. Las paredes sudaban un polvo fino y ocre que los embates del viento lanzaban contra los muebles. Un barco en alta mar y una casa en el desierto eran lo mismo.

La nana nos comentó que esa sería nuestra habitación porque tenía más privacidad, y nos indicó otro mueble de madera, un trinchador, donde dejamos nuestras pertenencias. Irene me preguntó por Abril y le informé que seguía en el coche, con las ventanas lo suficientemente altas para que no se saliera pero bajas como para que el aire pudiera entrar. La cama se hallaba recién tendida y con muchas cobijas para el frío que a esa hora de la madrugada se imponía. Tenía los nervios entumecidos, así que me senté de inmediato. Irene acomodó a la bebé entre nosotros.

—Los voy a dejar solos para que descansen. El gallo no

tarda en cantar, pero siéntanse con la confianza para quedarse dormidos lo que necesiten.

—No podremos —le contesté—. La bebé no tarda en despertar.

—No se preocupen por eso. La puedo cuidar.

Irene le entregó a la niña con rapidez, quería despojarse de un pesado fardo. La nana la tomó con mucho cuidado y se retiró a la siguiente habitación. Sé que podíamos confiar sin por ello dejar de estar alerta pero, acto seguido, me quité los zapatos y el cinto, me desabotoné el pantalón y me metí a la cama.

Toda la vida había estado escuchando recomendaciones, consejos para cuidar a un bebé, *tips*; madres primerizas, amigas, me habían contado sus emociones al momento de cuidar a sus pequeños, la lenta pero terrible revelación del mundo en la que el hijo venía a anular todo lo que habías sido como persona; no por amor, sino por miedo; pero al anularlo en realidad potenciaban otra cosa secreta que había en ellas. Proteger al hijo de todo. Del frío. De la noche. Protegerlo de las toses. Estar ahí para evitar que el recién nacido se cayera o muriera. Reunir ambas palabras era un sino prohibido.

¿De qué mueren los bebés? A los meses, tras la pérdida del mío, me puse a navegar por internet para ver cómo morían los bebés del resto del mundo. La mayoría de muerte blanca, porque estaban demasiado arropados, porque el bebé dormía boca abajo y eso oprimía demasiado el estómago. Una madre, empleada postal, había perdido a sus recién nacidos al bañarlos en la ducha y quedarse dormida mientras los aseaba; en la India, una mujer había dado a luz a diez bebés muertos; se encontraban a recién nacidos fallecidos en los basureros en las favelas brasileñas. Cada historia disminuía mi ánimo; junto con los libros para madres primerizas que le había comprado a Irene, apenas nos enteramos de que seríamos padres. Una noche me quedé viendo blogs, leyendo consejos, pensaba en cómo adecuaría la casa para él. Hice planes.

¿De qué murió tu bebé?, me preguntó un amigo hace años, el único que supo lo que nos había pasado. Le respondí que de amor. Mi hijo se murió de amor. De eso. El amor lo mató. Lo amábamos tanto que eso no existe. Fin. Un hijo producto de la imaginación.

O mueren porque son producto del pecado, como el hijo de Betsabé. Esa historia siempre me gustó. El rey David ordena un homicidio para quedarse con la esposa de un soldado valiente. Muerto el esposo, David, el grande, busca a la viuda para acostarse con ella. Al nacer el hijo producto de aquella relación, Dios envía al profeta Natán para decirle a David que el niño morirá. El rey se rasga las vestiduras, se pone ceniza en el cabello y clama a Dios para que salve a su hijo. Siempre me pregunté qué habrá sentido ella. ¿Por qué en la Biblia nunca se nos habla de los sentimientos de las mujeres salvo para decir que guardan todo lo que les duele en su corazón?

Debería existir su libro; uno donde el rey David es el enemigo, el otro, el asesino. En este libro, Betsabé aguarda en casa las noticias de la guerra, donde su esposo Urías combate, pero no ha pasado desapercibido para ella que el rey la espía desde las terrazas del palacio. "Hoy, al terminar mi baño, he visto al rey David a lo lejos." "Hoy llegó un heraldo de Urías para decirme que el general Joab lo ha puesto en el lado más recio de la batalla, donde los amonitas son más fuertes." Una mañana llega un mensajero y le informa a Betsabé que su esposo ha muerto al tratar de tomar las murallas de Rama. El rey David desciende del palacio, termina por cortejar a Betsabé y se la lleva a su palacio.

El libro tiene un capítulo donde ella clama a Dios por su soledad y por los terribles días de la guerra entre los hombres. Pasan los días y no muere el recuerdo de Urías. Una mañana, el flujo no mancha las piernas de la mujer y Betsabé confirma con las comadronas que está embarazada. Silenciosos son los meses del embarazo en aquel palacio rudimentario donde es posible encontrarse con ovejas y cabras a mitad de los pasillos principales, y con mirlos y canarios que han hecho sus nidos entre los resquicios de las apadanas. El calor en Israel asola la ciudadela jerosolimitana.

Una noche, Betsabé da a luz un hijo al que ningún nombre lo alcanza. Siente cómo su cuerpo se parte en dos, cómo las caderas se le ensanchan milagrosamente hasta que, envuelta en sudor y mierda, entre sangre y una placenta que expulsa al fin, aparece ahí en sus brazos, su hijo. La mujer lo imagina rey, le limpia la frente con la palma de la mano. El hijo de un rey. Otro heredero. Alguien que no muera colgado de los árboles. Uno que no muera a causa de un veneno.

Betsabé agradece a Dios en un salmo que no recoge la historia. ¿Sólo los hombres pueden escribir salmos? ¿Y las mujeres? ¿No pueden alabar a su Señor con palabras femeninas? Pero, a los días, Betsabé escucha la maldad que Natán riega sobre el cuerpo de su hijo recién nacido.

—Ese bebé morirá —dice el profeta.

David hace ayuno y clama: "¿Quién sabe si Dios tendrá compasión de mí y vivirá el niño?" Hay un largo salmo que recupera el dolor del rey David pero, ¿cuáles son los versículos del salmo de Betsabé? ¿Cómo le pide una madre a Dios por su hijo condenado?

"Oh, Señor Dios de Israel, bendito sea tu nombre. No permitas que mi dolor de madre suba hasta ti con ira. ¿No eres tú quien sembró con la dulce miel el vientre seco de Sara y dio a luz a Isaac, patriarca de Israel? ¿No cuidas tú del nacimiento de las crías de las ovejas y de las cabras cimarronas que dan a luz entre los peñascos? ¿No eres tú quien cuida incluso de la cría del cuervo y el alfaneque o de la codorniz que canta en mi ventana? ¿No cuidas acaso tú los primeros pasos del potrillo cuando, débilmente, se pone en pie y trastabilla para alcanzar la cálida ubre de su madre de la que habrá de alimentarse? Mira que tengo aquí mis pechos llenos de leche para mi hijo. Mira que mis pechos están llenos de leche para él, para que crezca y sea fuerte ante tus ojos; oh, Jehová, Señor de los Ejércitos, heme aquí, la más miserable de tus siervas. Soy la más pequeña hija de Eva que, con dolor, dio a luz a su hijo como tú lo mandaste. ¿No decía tu nombre en la oscuridad de mi casa al pedirte por la vida de mi esposo? No me lo concediste. Pedí a ti por un hijo y lo cuidaste en mi vientre, ¿por qué ahora lo tomarás como un ladrón, como serpiente de fuego? Esa hojuela de pan que es mi hijo, esa cabra pequeña que baja por las laderas del Galaad junto con los rebaños de los hombres es un gorrión que hacia mí vuela, no hacia ti. ¿A qué te sabe en la boca de la muerte? Oh, Señor de los Ejércitos, no te pido por la vida de mi hijo, sino por la fe en que todos los recién nacidos y nonatos puedan ser protegidos bajo tu resguardo, para que ese 'id y poblad la tierra' se cumpla, porque si tú no los cuidas, ¿qué le dices a los hombres? Que podrán acabar con los recién nacidos cuando les plazca, asesinarlos a mano limpia o con daga cuando entren a los pueblos por la noche y se lleven a inocentes. ¿Cómo puedo defender a mi hijo desde su cuna delante de tu ira? ¿Con qué nombre lo defiendo?"

Pero Dios no escucha las peticiones de las recién paridas. Cuando el niño muere, el rey David se levanta y vuelve a comer. En el libro de Betsabé existe el silencio, un largo capítulo de puntos seguidos; lo imagino en el papel, dos, cuatro cuartillas de puntos seguidos, impostergables, después el silencio en hojas blancas. En el libro de Samuel, donde se narra esta historia, después de que ha pasado la muerte, David se levanta y dice respecto al recién nacido fallecido: "Yo voy a él, mas él nunca volverá a mí".

Aquella era la frase que me gustaba. Uno va a la muerte, pero la muerte nunca te regresa nada. Nunca saben los padres cuándo perderán la familia que han tenido. Al menos en eso le iba ganando a la muerte.

—¿Te das cuenta de que es una nueva oportunidad? —quise animar a Irene en cuanto se metió bajo las cobijas.

—¿Para quién es la oportunidad?

—¿Cuál era el futuro de esta niña?

—Aun así.

—No podemos llamarle siempre así: "la bebé"; necesitamos darle un nombre. Amparo preguntará cómo puede llamarla.

—No quiero nombrarla, cualquier nombre va a saberme amargo. La tengo aquí por lástima de ti… Y puede que por lástima de mí.

Después se volvió hacia el otro lado de la pared. Intenté abrazarla, pero Irene rehusó mis manos. Me acosté también y pensé en Betsabé, en aquellas horas en las que había estado ante el ayuno del rey David. La Biblia dice que el rey David rasgó sus vestiduras. La imaginé sola, rodeada por otras mujeres que también habían perdido hijos. Le daban de comer, pero tal vez alguna le pudo haber dicho: "Levántate y esfuérzate y entrégate de nuevo al rey".

Entregarse de nuevo a la paternidad.

—Quiero que se llame Betsabé.

La oí suspirar.

—Nunca me ha gustado ese nombre, pero es tu hija al fin y al cabo.

No supe en qué momento nos quedamos dormidos.

Cuando desperté, Betsabé aún no había vuelto a nosotros. No quise levantar a Irene, así que me incorporé. La temperatura había subido y me recibió en la primera habitación el llanto seco de la bebé y el almuerzo ya cocinado. La nana había dejado un par de sartenes sobre la mesa, en uno había frijoles refritos y en el otro, huevos con salsa roja. Una pila de tortillas humeantes terminó por abrirme el apetito.

—Ya le preparé su biberón y se lo bebió sin ningún problema —afirmó la mujer, quien se hallaba sentada en una silla de lámina cerca de la estufa.

Cargué a la niña y comprobé que estuviera bien.

—La acosté conmigo y se despertó hace un par de horas, pero ustedes no se levantaron cuando lloró, no importa, estoy para ayudarlos.

Dicen que los padres desarrollan una habilidad para presentir el llanto de sus hijos pero evidentemente no contábamos con ella. El sueño me había sumido en un largo estado de hibernación. No quise desayunar sin antes despertar a Irene, que lo hizo un poco a regañadientes, pero pronto recordó que estábamos muy lejos de casa y que debía ir por la bebé. Antes de siquiera tomar a la niña, le preguntó a la nana Amparo dónde se podía limpiar la cara. La mujer le indicó que afuera había un tinaco con llave y una palangana. La vi salir y, cuando regresó, seguía un tanto soñolienta pero andaba de mejor ánimo. A veces escuchaba el sonido de camiones que pasaban en la carretera y empezaban a frenar con motor para entrar a las cercanías de El Sartejonal.

Después de desayunar, cargué a la bebé y salí con ella a la orilla de la carretera. La casa donde viviríamos era una larga construcción sucia. Miré hacia el horizonte y encontré los carriles, angostos, con los bordes resquebrajados por el calor y el peso de los camiones. La tierra era de color marrón y los arbustos crecían en todas direcciones del valle que en realidad era extenso: no se veían más que montículos de una roca gris, lanzados por todos lados y, luego, el valle, un tanto reverdecido pero desértico, con muchas mojoneras. El Sartejonal contaba con seis calles que topaban en el asfalto y unas tres que corrían paralelas a él. Era un pueblo construido sólo del lado norte; al frente se extendían los matorrales, algunos huizaches y yucas. Un poco más allá, sobre el terreno arenoso y lleno de lechuguillas, sobresalía un penacho oscuro, apenas como un diente: las chimeneas de la procesadora de carnes que daba empleo a la mayoría de las personas del lugar. Hacia la izquierda el camino conducía a Benito Juárez, que asumí sería como tantos otros pueblos magros, de trazado irregular, construcciones sin orden, alguna plazuela reseca por el sol, pocos árboles.

En esa zona parecía que el sol se había llevado todo. El aire corrió un poco y movió un plástico negro que se encontraba encima del techo del hogar de la nana. Entré de nuevo a la casa. La nana había puesto una tina para calentar agua. Tenía dos tanques de gas estacionario afuera y nos dijo que apenas y había terminado de construir una nueva letrina y un cuartito para bañarse. El calentador no era de gas. Entibiaba el agua en una tina puesta sobre la estufa. El agua era un problema porque la pipa no aparecía sino una vez cada dos semanas, así que debíamos racionar.

—Y no me han dicho cómo se llama —nos preguntó—. ¿Cómo le voy a llamar a esta preciosura?

—Se llama Betsabé, nana.

—¡Qué bonito nombre! ¿De dónde lo sacaron?

—De la Biblia.

Le conté la historia y al final la nana sugirió:

—No es un nombre para una bebé, pero usté sabrá.

Cuando apareció Irene, que ya se había cambiado de ropa, la nana la atajó:

—Tiene los ojos de su papá, mira nada más… aunque de ti no sacó mucho, mijita.

Irene me dirigió una mirada de recelo.

—Nana, queremos pedirte algo y espero que no sea un problema, y si lo es nos dices y vemos cómo lo solucionamos, es mejor hablar en claro desde ahora.

La mujer permaneció en alerta, como quien está por recibir una terrible noticia.

—Queremos vivir un rato aquí, contigo. Estamos cansados de la ciudad, queremos algo más, así, en el campo.

La noticia no pareció enojarla, al contrario, la vieja esbozó una sonrisa a medias, que después alargó hasta que sus labios volvieron a mostrar indiferencia.

—Ay, mijita, pero aquí se vive con muchas incomodidades. El agua, mira nada más, hay que calentarla. Y no hay, pues esas cosas que sí hay en la ciudad y… tenemos ratas y cucarachos de los grandotes…

La mujer de golpe se había avergonzado de hospedarnos en esa casa que de un momento a otro había demostrado sus deficiencias. La nana observó las paredes con hollín, las bolsas que colgaban de los ganchos, aquella mancha negra de grasa, las telarañas que colgaban sobre la estufa de leña.

—Pero te vamos a pagar renta o algo… ya lo platiqué con Alberto. Aun así, no queremos molestarte. Dejamos nuestro trabajo en la ciudad porque estábamos cansados. Queremos una vida más tranquila. Y viajar. ¿Sí sabes que nos gusta viajar?

—Lo sé, lo sé… no se preocupen.

—Nana, dinos, ¿podemos quedarnos?

La mujer apretó los labios y se sentó a la mesa. Apoyó un brazo y miró hacia la puerta protegida por el burdo cobertor.

—Ay, mija, pero es que mira cómo vivo. Me da pena con ustedes… con el señor Alberto… miren su niña, va a pasar fríos…

—Por eso no te preocupes, nos podemos acomodar. Lo que necesitamos es que nos des asilo unos meses.

No quería meterme en ese diálogo en el que, más que una sugerencia, Irene iba imponiendo condiciones. La nana asentía y luego daba alguna contraindicación que Irene aceptaba con hospitalidad. Poco a poco desbastó la resistencia de la mujer. Terminamos de desayunar y Amparo, un poco más repuesta, nos dijo que debíamos bajar al pueblo para que nos presentara con sus parientes.

En el camino nos protegimos del aire que aventaban los camiones y pude contemplar mejor el paisaje que me ofrecía una vida distinta. En una semana todo había cambiado para nosotros y apenas iba haciéndome a la idea. Pasaban pocos coches por la carretera, pero la constante era el sonido de los motores de los pesados camiones de transportes. El ruido era perceptible desde kilómetros a la distancia: se iba acercando a tu oído como un moscardón hasta que luego se alejaba en sentido contrario.

No quería exponernos a los vecinos, pero Irene me indicó que era una buena idea. Lo que había visto de noche como casas viejas, fachadas comidas por la oscuridad, puertas de madera opacas, de día le proporcionaban al pueblo un poco más de ánimo. Había un pequeño paradero de tráileres y en ese momento dos estaban detenidos junto al negocio donde se vendía lo mismo gasolina que quesos. Más allá estaba el restaurante familiar, pintado de rojo y blanco con el logotipo de la Coca-Cola en la pared. No había ni una edificación de dos pisos, todas eran construcciones alargadas.

Con las semanas tuve acceso a la vida de esa gente. Varias veces entré a las casas junto al camino. La disposición era casi la misma en todas. El primer cuarto contenía la sala, la recámara, la cocina, un conjunto de muebles que daba una sensación de estancia, estufas con polvo, mesas de décadas atrás que habían sido robadas o heredadas de las vecinas muertas. En el desierto todo se reciclaba, supe después. Después venía un cuarto donde se amontonaban catres y camas con muy poco espacio para caminar entre ellas. Pesado, el sol hundía a aquellas construcciones junto a la carretera. Los techos de lámina literalmente cocían a la gente, por eso casi siempre hacían su vida junto a los pocos árboles que tenían en sus patios inmensos. Siempre me pregunté por qué las casas eran tan pequeñas cuando los terrenos eran tan extensos. Se vivía entre cacharros: comales y molcajetes, pilas de trastos, piezas de coches o lavadoras, tuercas, botes con clavos, una sinfín de objetos que se iban encontrando o que les daban los viajeros, encontraban su sitio sobre alguna repisa o en el suelo, donde piezas de coches, si el marido de alguna de ellas era mecánico, rivalizaban con ollas y tinajas. No lejos de ahí había una pequeña regadera donde el agua goteaba a duras penas, evaporada casi al momento de salir. Las letrinas se erigían en otra dirección.

La nana Amparo entró en una fonda y la seguimos. Adentro saludó a una señora gorda que vestía una sencilla blusa y falda de flores estampadas. La mujer se adelantó para presentarse. Antes de darnos la mano se limpió el dorso en su falda. Se llamaba Agustina y dijo que estaba muy contenta de que viniéramos a visitar a la seño Amparo. Al parecer, ese restaurante era el sitio de reunión porque no tardaron en llegar otras mujeres. Un par de traileros comía en una mesa cerca de una ventana. Dijimos nuestros nombres, de dónde veníamos, les mostramos a Betsabé y casi todas las viejas la cargaron. Pueblo de ancianas, pensé, porque casi no había visto chicos, salvo conductores de camiones y mujeres de la tercera edad.

—¿Y por qué vinieron a este pueblo tan feo? —habló una mujer al fondo de la mesa. Era flaca, alta, con el cabello muy corto. Usaba lentes y una gran cadena al cuello con un crucifijo.

El Sartejonal no tenía iglesia ni plaza ni nada. Supuse que en Benito Juárez, que se encontraba a diez kilómetros de distancia y era la cabecera de la zona, mas no el municipio principal, sí debería haber un cura y algunas instancias de gobierno.

—La nana me cuidó desde que era una bebé —intervino Irene—. Es justo que pase una temporada con ella.

—¿Pero aquí? ¿Y por qué no se la llevaron? Ahí en la casilla que vive le pega todo el aire del monte… y se divisan auras.

—Bueno… justo por eso vinimos. Vamos a arreglarle su casa a mi nana para que, cuando nos vayamos, quede bien protegida de todo.

La señora hizo un mohín.

—Qué buenos que son ustedes.

Terminamos la visita y regresamos a la casa. La nana no cabía en sí de la vergüenza. Se disculpó por Hortensia, así se llamaba esa señora con la que tenía pleito desde hacía años, desde que Amparo había regresado de la ciudad. El pique era por eso: Hortensia también había trabajado como empleada doméstica en una casona muy grande, con gente de mucho dinero. Siempre hablaba de la ciudad y de lo que comía por allá, de las salidas en los coches lujosos de sus empleadores, de los guapos que estaban sus niños. Amparo era una mujer callada, pero el lío inició cuando rectificó a Hortensia a propósito de algo banal: una receta de *chilli dogs*, y ahí fue el acabose. Desde entonces vivían en un encono de baja intensidad, pero constante.

La nana terminó por presentarnos también a su parentela: sobrinas y un par de primas que vivían en las casas al fondo del poblado. La nana Amparo era la tía abuela, el último bastión de la familia que había decidido vivir alejada de todos, pero que seguía ejerciendo dominio matriarcal sobre los más jóvenes de su apellido. Los rostros de aquella otra familia nos miraban con seriedad y no sin desconcierto. ¿Qué estábamos haciendo nosotros, los "de la ciudad" en aquel pueblo comido por el polvo? Quedamos en realizar visitas con el paso de los días y ellos, a su vez, subir la cuesta para que los recibiéramos. Todo muy formal, esa hospitalidad que se le da al extranjero y que consiste en muchos silencios y ceder terreno hasta que lo extraño del otro desaparece.

De regreso a casa, la nana nos puso al tanto de la vida del pueblo. Casi no había hombres, más que viejos y ancianas. Pocos niños, hijos de madres solteras y producto de la vida licenciosa que muchos traileros traían a la comunidad. Los jóvenes se iban a trabajar a la ciudad o cruzaban la frontera. Los otros hombres laboraban en la procesadora de carnes o en las granjas de pollo que se encontraban aún más allá de Benito Juárez. Se iba a la iglesia y a la carretera federal en un pequeño camión que hacía el recorrido por las mañanas de ida y por las tardes de vuelta: alrededor de una hora. Noticias, había pocas. Salvo en temporadas vacacionales, cuando la mayoría de las mujeres salía a la carretera a pedirles dinero a los conductores que se detenían por el retén o a cargar gasolina; nada en aquel mundo parecía ser de importancia. Nada se sabía de política. La escuela, un CECYTEZ, se encontraba aún más lejos. Un pueblo casi fantasma de no ser por la procesadora de carnes y los ingresos que dejaban los traileros y unos campos de chayotes de los que vivía una buena parte de la comunidad... y de vacas.

Pasamos el resto del día limpiando la casa e instalándonos. Amparo nos indicó dónde se encontraba el cuarto para bañarse, dónde la letrina, cómo guardaba los alimentos, lo importante de no apagar nunca la estufa de leña y dejar siempre al menos un rescoldo. Tenía una pequeña farmacia hecha con hierbas de la región. Todo lo curaba con tés: flores, hojas, ramas y cortezas se apilaban en frascos de vidrio que tenían etiquetas escritas con mala ortografía.

Lo más interesante de aquel día fue que decidimos sacar a Abril del coche, donde llevaba al menos veinticuatro horas. La gata descendió, desconfiada, cuando pusimos la transportadora debajo de la mesa. Lo primero que hizo fue oler su nuevo espacio, a tientas avanzó, movía su pata delantera con cautela, no quería ponerla en el suelo, y la dejaba en alto por unos segundos antes de decidir qué nuevo paso tomar. Al fin, la vimos entrar a la habitación donde dormíamos.

—Hay que dejar la puerta cerrada —musitó la nana—. Afuera hay muchos animales rastreros y, sobre todo, está la carretera. Tenía un perro viejo, el *Sansón* le puse, que se me murió porque un camión lo tronó aquí, enfrentito.

Una vez que conocimos los secretos hogareños de la nana, me metí a la cama y tomé a Betsabé para recostarla junto a mí. Me quedé ahí, con ella. La respiración de la bebé era suave. Acerqué el oído al pecho. Su corazón: la sangre al ir y venir. Los pequeños latidos nada tenían que ver con el sonido de reloj del *reborn*, aunque pasado cierto tiempo noté que eran muy parecidos, tanto que tuve que despertar a Betsabé y escuchar su llanto para reaccionar.

Aquella tarde en la que habíamos llegado a casa para descubrir que nos habían robado se encontraba ya en otra parte de mi vida, en un capítulo cuyo desenlace era esto: aquí en un valle. El robo nos había devuelto al *reborn* y, tras él, el recuerdo sellado. Sólo soy un hombre de casi cuarenta años, con anteojos, con hambre, que mira a su bebé. Un hombre de casi cuarenta que observa ante sí el futuro. Eso soy, me dije. Una madre lejana que llora la pérdida. Unos ladrones que no pueden llamar a la policía porque se delatarían. Todo eso se quedaba atrás. Irene se acercó al oír llorar a la bebé y me la quitó para arrullarla, pero era imposible silenciarla. Los ojos negros de mi mujer en la tarde salpicada por el llanto y el paso de los camiones en la carretera me parecieron más resplandecientes que nunca.

—¿Por qué la despertaste? —me preguntó con impaciencia.

—Sentí que estaba muerta —le contesté—; se parece tanto al *reborn*. ¿Lo habrán encontrado en el campo baldío?

La ofuscación no desaparece, aprende a esconderse; se

nubla, pero débil como es, el aire mueve la neblina para mostrarnos lo que oculta. Todos los hombres somos un enojo oculto que nace entre nuestras costillas, que se alimenta con las humillaciones que nos provocan los otros y no podemos regresar. Los hombres lo saben pero lo callan. Para silenciarlo, buscamos mujeres, maltratamos a otras, envilecemos a quienes nos rodean, juramos amor, siempre amor, algunos hacen dinero, fortuna o fama o son mezquinos incluso en la pobreza. Por eso, el *reborn*; por eso, el robo. Betsabé, lo supe en ese momento, tampoco lo aplacaría.

Transcurrió una semana sin ninguna información del exterior. Nadie fue a visitarnos, aunque me mantenía atento de los coches que pasaban por la carretera. En El Sartejonal no había internet, aunque sí televisión vía satélite. De casi todas las casas pendía una pálida antena grisácea orientada a quién sabe qué zona del cielo y por la que se podía acceder a más de quinientos canales de distintos países. No tenían agua potable, pero sí televisión. Sólo en el poblado de Benito Juárez, me decían, era posible que hubiera internet, pero la gente de El Sartejonal no iba seguido para allá. Lo usual era, más bien, que de Benito Juárez se moviera mucha gente hacia la procesadora de alimentos. En días de mucho aire era posible sentir en la nariz la picazón de la carne descompuesta, carne despellejada, una peste que no se iba aunque te escondieras en el fondo de tu casa.

La bebé también había ido subiendo de peso. Betsabé. Nuestra Betsabé. Su rutina de vida era predecible: despertaba a las diez de la mañana y comía. Después volvía a dormirse como a la una. Volvía a despertar a las tres y volvía a comer. Ya no se dormía sino hasta las nueve de la noche para volver a despertar a las tres de la mañana, comer y dormir. Veníamos huyendo y, de pronto, Betsabé nos chupaba la existencia: en realidad nos hacía sus víctimas. Estábamos ahí sólo para ella, para mirarla abrir los ojos, oír sus lloriqueos. Sin Amparo, aquello habría sido mucho más difícil.

Una tarde encontré un alacrán sobre la cama. La nana lo levantó con familiaridad y lo lanzó al monte. Abril, que ya andaba cómoda con la casa, se la pasaba dando brincos porque algún insecto, que no reconocía, se le trepaba al lomo; se la pasaba la mitad del día con el hocico hundido en la tierra y persiguiendo algún bicho y, la otra, dormida sobre la cama. Salvo por esos momentos, su vida era fastidiosa. Siempre estaba de mal humor. A veces nos gruñía como a desconocidos.

El alacrán me confirmó que debíamos adecentar la casa de la nana Amparo. Una noche nos sentamos a la mesa e Irene volvió a tocar el tema. La nana era una mujer muy vergonzosa. Aunque la idea no la molestaba, hizo un pequeño drama sobre su vida actual y sobre el hecho de que ella también echaba de menos vivir en una ciudad grande. Nos dijo cuánto extrañaba poder meterse debajo de una regadera y estar ahí, recibiendo la cálida agua sin temor a que se terminara.

Y la comida. Para Amparo, la comida había sido una conquista. Ella, ahí en esa casa que había sido de sus padres, se había nutrido con frijoles y arroz, frutas, a veces con carne, leche muy pocas veces, agua siempre, refresco de cola también. Su padre había sido uno de los primeros en conocer de coches en el sitio y había sido durante mucho tiempo el único mecánico, hasta que les enseñó su oficio a unos aprendices que luego se habían mudado al centro de la villa y le fueron arrebatando los clientes ocasionales. Con poco dinero y gracias a una prima que trabajaba en una casa, sólo fue cuestión de recorrer el camino de ida.

La joven Amparo se fue a Saltillo, donde trabajó en una casa como empleada doméstica, aunque los patrones le decían la criada; los niños, la sirvienta, y los amigos del patrón, la chacha. Se estuvo ahí un año, pero dormía en un cuarto que era lavandería y, cuando su prima la recomendó con otros señores, abordó ese barco. Era gente muy rica de Saltillo. Los patrones se cambiaron a Monterrey y la nana se fue con ellos. Después ellos se divorciaron, y así fue como la nana llegó con mis suegros. No eran muy ricos, pero le daban un espacio acorde a sus necesidades, le pagaban bien, la dejaban salir los fines de semana y el trabajo no era mucho. Supo, en cuanto vio su habitación, que ahí podría quedarse el resto de su vida.

El único problema que encontró fue la comida. A los nuevos patrones les gustaba mucho la mexicana pero más la extranjera. A ella no le gustaban las hamburguesas ni los *hot-dogs* ni las pizzas; le producía asco aquella masa blancuzca, el plástico que envolvía las salchichas, la carne amorfa de una hamburguesa. Así que mientras cocinaba, los fines de semana o para las reuniones, ella se preparaba aparte algo de picadillo, carne en salsa verde, tortillas de maíz, hasta que se hizo a la idea de comer también lo que sus patrones pedían de forma usual. Aquel lío con la comida desapareció cuando nació Irene. Con la niña aprendió a comer golosinas y nieve azucarada en exceso. Cada persona tiene su catálogo de sabores y la nana no había hecho más que irlos aumentando.

Esa tarde, después de llorar por lo que extrañaba de vivir en una gran ciudad, nos dijo que aceptaba los cambios, pero nos solicitaba que le compráramos ingredientes para que ella nos hiciera de comer durante nuestra estancia en aquel pueblo medio muerto. La idea no nos pareció descabellada.

Reconstruir el espacio nos acercaba a nuestro verdadero deseo. No salir de El Sartejonal. Vender el coche. Cancelar nuestras cuentas bancarias. Perdernos. Decidí ir de nuevo a la ciudad para sacar más dinero. Esperamos a que se terminara el que llevábamos, pero en ese sitio todo era muy barato, así que nos duró al menos un par de semanas más de lo previsto. Además quería recibir noticias, buscar un rastro de nosotros en la prensa. Al mes platiqué con Irene, una noche mientras el aire se colaba por los orificios del techo de la casa.

—No regreses. ¿Y si te apresan?

—¿Sabes cuánta gente hace lo que hicimos? Decenas. Centenas en este país, y nadie los agarra.

A veces me asaltaba la idea de buscar a Carolina y decirle: Tú iniciaste esto. Todo es por tu culpa. Y humillarla porque, ¿qué otra cosa se le puede hacer a los que te roban? Estaba seguro de que, desde el rapto de Betsabé, cada segundo era un golpe de mi puño contra la tez morena de una chica que había perdido la ilusión.

Acordamos dejar en cero mi cuenta bancaria, la que

contaba con menos dinero. Con lo que había ahorrado ahí podríamos empezar la construcción y pasar tranquilos esos meses. Los gastos en casa de la nana Amparo eran pocos, aunque ahora se elevarían.

Todas las mañanas y por las tardes pasaba un camioncito, casi un transporte escolar, que servía de ruta urbana para comunicar a la gente del puerto y Benito Juárez con la carretera Zacatecas-Saltillo. Cuando lo abordé, noté que ni siquiera iba lleno. La mayoría de las personas andaba en bicicleta o moto y, afuera de la procesadora de carne, había un gran estacionamiento donde bicis descansaban colgadas en ganchos como reses metálicas, o bien detenidas junto a postes y lechugueras hechas para el caso.

El trayecto fue largo, ruidoso por el motor del camión que andaba en sus últimas y el traqueteo de las ventanas al golpear los marcos. La carretera se encontraba en tan mal estado que hacía que el camión crujiera como un barco al momento de encallar. La sierra, con toda su soledad, iba quedándose atrás.

El sol y las nubes jugaban una danza de sombras sobre la pálida lustrina de cerros que formaban olas de diversas alturas, lustrina de un verde pálido y reseco que, en contraste con el color lechoso y azulado del cielo, producía una sensación de estar inmóvil en aquel edén desértico que no había sido hollado más que por los animales en su deambular sobre la tierra. Esas montañas sin nombre, aquellas serranías con bocas secretas y agujas le proporcionaban una seriedad al entorno que ni una carretera podía romper. Los otros pasajeros se parecían al terreno agreste: silenciosos, robustos, con ropas desgastadas por el sol y cierta desconfianza que te podía llevar al sofoco cuando te veían sin temor, algo que muy pocos hacían.

Llegamos al entronque con la carretera y el camión se internó unos kilómetros hacia Saltillo. Se detuvo en una pequeña comunidad, Santa Anna, que prosperaba gracias a una gasolinera y algunos negocios. Muchos coches llegaban ahí y cargaban combustible. Había vulcanizadoras, algunos restaurantes, un negocio de venta de concreto y otro de fertilizantes. Caminé hasta la tienda, me compré un refresco y un pan que devoré mientras esperaba la llegada del autobús. De camino a la carretera pasé junto al camión que me había llevado y el chofer, que comía una torta, me informó que hacía el regreso a las cinco de la tarde, ni un minuto más ni uno menos, pero que podría esperarme hasta las cinco y media.

—No se preocupe, regreso hasta mañana.

—Todos los días hago lo mismo, ahí lo espero.

Esperé en una pequeña caseta. Los coches bajaban un poco la velocidad ante la gasolinera, pero la mayoría zumbaba a toda velocidad. El aire caliente que traían los tráileres no era mejor. La tierra olía, si se puede decir, a humedad, pero no se veía ni una mancha de lluvia en kilómetros a la redonda. Frente a la caseta, se erguían casas también de un solo piso, solares amplios y cercas para contener el viento.

Casi media hora después apareció el autobús. Apenas me acomodé en uno de los asientos traseros y me hundí en la verdadera razón del viaje: deseaba contactar a Carlos Becerril, saber qué había ocurrido con la familia, motivo que no había podido decirle a Irene. El ruido del motor comenzó a arrullarme junto con el calor que provenía de la parte trasera del autobús. Una señora comía papas fritas y la bolsa hacía un ruido metálico cada que la mujer la estrujaba para extraer una. Un niño lloraba. Pasó corriendo por el pasillo haciendo un berrinche, pero la mamá ni se inmutó. Más adelante, me encontré de nuevo con el retén. Aparenté estar dormido cuando el soldado subió a realizar la inspección de rutina.

Llegamos a Saltillo casi a la una de la tarde. Busqué un hotel barato, donde no llamara la atención, y pasé las horas más aburridas de mi vida. Por la noche salí a comer algo en la calle, tacos pasados de grasa.

Lo primero que hice fue localizar un café internet y entrar a las cuentas de correo electrónico, las de Irene y las mías. Temían que nos hubieran secuestrado. Había mensajes en todos, así que procedí a contestar los más urgentes con una breve nota de que nos encontrábamos en un año sabático. No quería que la gente nos diera por desaparecida. Los fantasmas nacen poco a poco, nunca de maneras repentinas. Carlos Becerril me había enviado un correo donde me pedía que lo localizara.

El robo podía funcionar. ¿Cuántos bebés no se pierden todos los días en este ancho mundo? El resto de mis actividades en Saltillo fue de carácter expedito. Saqué el dinero de mi cuenta pero, a último momento, dejé un poco para no llamar la atención. Aunque todo el momento que estuve en la oficina bancaria tuve miedo, no ocurrió nada. Fui a un supermercado que estaba frente a la central y compré mandado, galletas, cosas para Betsabé, algunas latas.

Siempre me había preguntado cómo era esa gente que aborda los camiones viejos en las centrales de autobuses, que van a villas o pueblos polvorientos en la sierra, pueblos casi muertos, con el tiempo detenido.

Antes de comprar mi boleto, busqué un teléfono y marqué al celular de Becerril. El timbre sonó cuatro veces, tiempo en el que mis manos sudaron lo suficiente para empapar el auricular. Tenía la sensación de que una parte de mí abandonaba mi cuerpo. La garganta se me cerró, pero necesitaba mantenerme firme. La voz de Becerril rompió aquella tensión.

—Bueno.

—¿Cómo está?

En un principio no me reconoció pero entonces hubo una crispación, un silencio que me devolvió la tensión.

—Licenciado… ¿es usted?

—…

—¿Alberto? ¿Alberto? Ah… qué licenciado… ¿Ya sabe todo el lío que armó?

—¿Y la policía?

Becerril guardó silencio.

—Le va a salir más caro esto que sólo investigar a los ladrones.

—¿Nos buscan?

—Aquí y en todos lados, pero no la policía. Ellos no fueron con la judicial, no podían. No pueden. Sus nexos… sus… Alberto, ¿qué piensa hacer? Sigo investigándolos, pero noticias como esas no se ocultan… Usted no se preocupe, con lo que me ha pagado puedo ver qué más información saco para usted.

No tenía más hacia dónde moverme.

–Deme un número de cuenta y le pago más, si necesita.

–Siempre se necesita, licenciado… usted por eso no se preocupe… ahorita.

Y entonces corté la llamada.

El camión salió de Saltillo faltando cinco minutos para la una y me dejó frente a la gasolinera cuatro horas después. Todo el camino con las palabras de Becerril. No buscaron a la policía. Contaban con otros medios. Media hora esperé a que saliera el camioncillo. El chofer, que se llamaba Ramiro como se presentó cuando me vio al regreso, jugaba a las cartas con los despachadores de gasolina que descansaban su turno. Lo vi de camino al Oxxo: a los pies del grupo encontré cáscaras de semillas. Había también dos viejos sentados fuera y un chico en una silla de ruedas. El muchacho con los brazos muy delgados, quijada cuadrangular y amarillentos ojos hepáticos. No habían ido a la policía. Era lo único que deseaba saber. No habían ido, pero tampoco podríamos regresar nunca a nuestra casa. La imaginé ahora sí destruida, vandalizada por completo.

Me compré otro refresco y le pregunté al chofer si no le molestaba que me quedara en el camión.

–Súbase –me ordenó–, siéntese ahí adelante pa'irnos echando una platicadita.

Y así fue. Quería saber cómo me llamaba y eso, pero también por qué estábamos en un pueblo como El Sartejonal. Incluso hizo el trayecto más lento, o eso me lo pareció, mientras me iba aventando pregunta tras pregunta. Vio mis manos y dijo:

—Usted nunca ha trabajado en la friega, ¿verdad?

—Soy maestro —quise sacudirme su tono sentencioso.

—Ah… pues ahí cerca hay una escuela que necesita uno.

Sonreí, no era mala idea.

—Ya, dígame por qué están en la sierra —encontré en sus palabras una camaradería de muchos años, ese tono dulzón con el que un hombre cree que otro le va a confiar sus secretos nada más porque sí, porque ambos son del mismo género. La noticia de nuestra visita había corrido por la zona, éramos "los nuevos", quienes querían alejarse de la vida en la ciudad. Ser tan conocidos no me agradó, me puso alerta pero, con el tiempo, supe que llegar a ese sitio era como alcanzar un tramo del olvido: las noticias del exterior eran pocas y, cuando llegaban, sólo se comentaban como un suceso de otro tiempo, algo que no injería en la vida de aquellas comunidades.

—Una cosa de gratitud nada más, ya ve que las ideas se les dan a las mujeres… y aquí estamos.

—La verdad, uno nada más quiere largarse hasta de uno mismo —lo dijo en un tono serio tras oírme—. Mijo se me fue, pero él no quería. Lo subí a golpes a uno de esos Senda. Tan fuerte lo subí que ya ni viene para acá. Pero lo calo, lo calo, que no venga, para qué. Mire, aquí sólo hay espinas —y mostró el desierto, las yucas, el horizonte conformado por un inmenso llano que antes había sido el fondo de un mar precámbrico.

Ramiro sonrió y me solicitó que subiera los vidrios porque, tras la loma, se encontraba el rastro de aves.

—Casi todos trabajan ahí, por eso El Sartejonal apesta a guacamaya podrida.

Imaginé a esos hombres que todo el día mataban pollos y palomas, cómo las desplumaban, luego vaciaban los cuerpos en largas canastillas que los transportaban por hileras donde los limpiaban con chorros de agua y los evisceraban. Los huesos y las cabezas, pellejos y vísceras se apilaban hasta formar un montón que terminaba en un horno de cremación o bien en un gran contenedor para preparar salchichas de pavo. Luego, esos pocos hombres que apestaban a humo y cadáver volvían a sus casas, abordaban ese camioncito o trepaban a sus motos o bicicletas y llegaban a El Sartejonal o se iban hasta Benito Juárez y, aunque se lavaran las manos y la cara, esa peste no se iba y no tendría por qué irse. Así besaban a sus esposas, si lo hacían; acariciaban a sus hijos, si lo hacían. Se montaban violentamente sobre el culo de sus esposas, si lo hacían. Con esas manos que apestaban a huesos con lejía apretaban los senos de sus mujeres antes de penetrarlas. Dormían envueltos en camas olorosas a humo negro, a descomposición.

Nos detuvimos frente a la fábrica y subieron algunos hombres, aunque la mayoría ya hacía el camino de regreso en sus bicicletas. Hacían la vuelta en grupos de dos o tres. Sonreían. El sol les pegaba en la espalda y sus sombras formaban siluetas líquidas en el asfalto. Algunos saludaron a Ramiro y, de pasada, alzaron el cuello para extenderme un guiño cortés. Iban vestidos con camisas viejas y pantalones desgastados, pero con gorras nuevas de equipos de béisbol gringos.

Don Ramiro dejó a su pasaje en El Sartejonal y después a mí, junto a la casa de la nana, a quien saludó con calor familiar a esa hora de la tarde, casi noche. La nana lo invitó a tomarse una taza de café mientras el hombre me ayudaba a bajar los enseres y la comida, pero el chofer contestó que no era el momento. Irene volvió del otro lado del camino, desde el terreno rocoso. Venía sudorosa y tensa.

—Alberto —dejó caer las palabras con ansiedad apenas me alcanzó—. Abril se escapó y desde la mañana no la encuentro. Ya miré por aquella dirección, búscala.

Ni para qué preguntar. Se la comería el desierto.

Busqué a Abril hasta que la oscuridad cayó por entero, incluso fui a la villa para ver si la gata se había movido hacia allá, tal vez persiguiendo algún aroma de comida, pero nada. Durante el camino, observé las orillas de la carretera pero ni un animal había sido descuartizado. A cada paso y como un pendejo, agitaba un plato hondo con croquetas, como solíamos llamarla cuando se escapaba de casa. Mi peor temor era que se hubiera internado en el desierto, que estuviera en este momento en alguna cavidad, hecha ovillo en espera de que pasara la noche.

Irene se encontraba sumida en la desesperación. Había salido a buscar a Abril con Betsabé en brazos. La nana se había quedado en casa para aguardar nuestra llegada, no fuera que la gata volviera en nuestra ausencia. La llamamos por alrededor de tres horas. Irene regresó a la casa para darle de comer a Betsabé. Aguzaba los oídos para oír en la noche algún maullido, pero incluso el silencio era un mal presagio. El viento inmóvil, los olores de la tierra, callados. Abril volvería al sentir hambre o tener sed. No existe animal casero que se atenga muchas horas lejos de las puertas de las casas donde viven. En otras ocasiones se había escapado o salido en nuestra ausencia y, al regresar, ya nos aguardaba en la puerta principal. Lo que temía, además, era que Abril no se hubiera acomodado en la nueva casa. Los primeros días casi no salió de abajo de la cama donde nos acostábamos; a la semana se movió a las otras habitaciones. No teníamos arenero, pero Irene le preparó uno con una caja de cartón, para que tuviera al menos esa familiaridad. La descubrí un par de veces en la puerta, sentada sobre sus patas traseras y mirando el ir y venir de los camiones, sin animarse a salir. También se había acostado cerca de la bebé y, al menos la primera ocasión, la nana Amparo la ahuyentó. Mató algunos roedores esos días, pero más que ratas eran ratones de campo o del desierto, animalitos grises y perfectos.

Me fui a dormir. En la noche, Abril buscaría un sitio para quedarse y no se movería a menos que hubiera peligro. Cuando amaneció salí a la letrina y, en lugar de volver a la casa, caminé monte adentro. El aire limpio no transportaba ninguna mala noticia. El sol empezaba a despuntar y, poco a poco, las sombras que me rodeaban se dispersaron. Di un amplio rodeo sin encontrar nada, salvo aquel pellejo de polvo que era el desierto.

Volví a casa y me encontré a Irene ya despierta, vestía un pants rojo y traía en la mano una bolsa con la arena sucia y los excrementos y orina de la gata, como carnada para que Abril la reconociera y pudiera volver a casa.

Caminamos en diferentes direcciones, pero el aire me traía la voz de Irene llamando a la gata. Sierra adentro, casi quinientos metros, el terreno agreste se empezó a llenar de suaves manchas verdosas, de arbustos enanos, largas raíces dormidas que se extendían en todas direcciones. Volví la vista hacia atrás y la casa parecía más pequeña. Aquí, rocas, plantas de tallos resecos con espinas, varias cactáceas. El polvo. No tardé en encontrar huecos en la tierra y recordé que ahí vivían alimañas. Desde ahí empecé a imitar un maullido, grité su nombre como cuando la buscaba en las casas deshabitadas de los vecinos, antes de que se ocuparan. Caminé en varias direcciones. Abril no apareció.

Casi al mediodía regresé a la casa. Irene me aguardaba sentada a la mesa, con la bebé en brazos. "¿Dónde está la gata?", le pregunté a la bebé pero ella nada más balbuceó. Había descubierto que soltaba pequeños gritos de emoción. La cargaba, sorprendido, pero a los minutos me cansaba de ella y se la devolvía a la nana. La bebé había dejado de mirarnos con extrañeza; finalmente, los recuerdos, aquellas imágenes primigenias de Carolina y de Martín, del tendajal donde había visto el mundo por primera vez, se iban eliminando de su memoria, si es que su cerebro ya le permitía tener recuerdos. La volví a cargar en posición vertical y merodeé por la habitación. Apretaba a Betsabé suavemente contra mí y la niña me sonreía. La habían bañado la tarde anterior, después de proteger todas las entradas de aire de la casa. Su pelo aún retenía el olor dulzón del champú. Su mano me aferraba y toda ella, su calor, se quedaba pegado en mi pecho y hombro. La bebé andaba contenta porque balbuceó y, cuando le empecé a hablar y tocarle la barbilla, me respondió con gritos pequeños, me sonreía para quedarse a la expectativa de qué otra gracia iba a hacer.

—Creí verla, pero no era nada —el desaliento en las palabras Irene me molestó cuando me quitó a Betsabé de los brazos—. Ya no regresa, Alberto.

Abril. Nuestra mascota. La que nos había mantenido felices muchos años al treparse sobre nuestros hombros cuando alguno de los dos trabajaba en la computadora. Abril cuando se estiraba larga y decidida sobre el sillón. La recordé dentro de la bolsa del mercado, embadurnada por el aceite que le habían rociado los ladrones. La habíamos adoptado en un centro de rescate animal cercano. La gata, indiferente, pronto se habituó a nosotros. Descubrimos que ronroneaba a la menor provocación y le gustaba quedarse dormida entre Irene y yo, hecha ovillo, una bola de estambre. También hablaba mucho con nosotros. Cuando Irene le preguntaba si quería más croquetas, Abril empezaba a maullar con un dejo de queja que nos producía mucha risa.

—Búscala, Alberto, debemos encontrarla.

Me señaló por dónde había caminado. Así que, por la tarde, reanudamos la búsqueda, pero en sentido contrario, ahora frente a la casa, donde se extendía un páramo con arbustos de media altura llenos de espinas. Algunos perros vivían en la zona, jaurías tan desérticas como la misma gente que habitaba El Sartejonal. Irene me contó con preocupación que esas espinas eran muy duras y temía que a la gata se le hubieran enterrado al huir. O que los perros se la hubieran comido. Me encaminé hacia allá y repetí la operación con el plato de comida, pero ahora dejé algunos puñados de croquetas en el suelo y también agua, por si Abril olía la comida y se acercaba.

Pasamos una noche intranquila.

Mi miedo se llamaba Carlos Becerril. Aún lo necesitaba, alguien debía ayudarme a falsificar actas de nacimiento y otros papeles. Al día siguiente llevaríamos a Betsabé al Centro de Salud en Benito Juárez para que le pusieran vacunas o vería la forma de comprar esos documentos, aún no sabía cómo. La nana nos iba a ayudar en eso. Lentamente caí en el sueño y regresé a la bebé a su cuna improvisada. Cuando volví a despertar, aún era de madrugada. El aire se revolvía más frío que de costumbre. Me levanté para descubrir a la nana afuera de la casa, sentada sobre una piedra y con una taza de atole a sus pies. Se protegía del frío con un grueso chal. A lo lejos, en el pueblo, el pastor ya arreaba a las vacas al monte. Amparo me recorrió con la mirada y suspiró. Un camión de tres toneladas pasó en ese momento y dejó una estela de gasolina quemada a nuestro alrededor. A lo lejos, en el pueblo, de un par de casas salían delgadas cortinillas de humo que, metros más arriba, se extinguían por completo.

—No es su hija, ¿verdad?

La nana hizo una pausa para medir bien mi reacción.

—¿Perdón?

—No se parece a ustedes; a la bebé, la niña Irene no le da pecho, sus pechos no tienen leche… están flacos; tampoco tiene la herida de una cirugía… Sólo no me engañen, hijos, es todo lo que quiero. ¿Es adoptada, verdad?

Aquellas palabras me devolvieron un poco el control sobre la situación. Amparo se puso en pie y dijo que aquello que habíamos hecho estaba mal, porque los hijos los daba Dios o no los daba. Que él y sólo él abría o cerraba las matrices.

—No tuve hijos, mi vientre era perezoso. No tuve. Tampoco pareja. La niña Irene es todo lo que tengo. Su mamá y su papá, que Dios los tenga en santa gloria, también. Eran duros con ella, pero les salió bien. Aquí me voy a morir. Me van a enterrar en aquel cementerio que está por allá; si tengo mala suerte, me convertiré en espanto: volveré vestida de blanco, o como puerca negra, Dios no lo permita; pero, al menos, en esta vida acepté lo que Él me envió. Sé que la niña Irene no es mi hija. Pero ustedes saben… como quiera los voy a apoyar o más bien me apoyo en ustedes, quién lo sabe.

Aproveché un silencio para mirar hacia el desierto por si veía en aquella oscuridad inmóvil algún guiño de Abril.

—Esa gata que trajeron ustedes ya no va a aparecer. Es mejor que ni la busque. Pero si insiste, puede ir allá y prender una vela… debe estar atento para que vea en qué dirección la apaga el viento, en esa dirección está su mascota.

No podía perder nada, así que entré a la casa y salí con una vela de pabilo suave. Me encaminé al monte. Me senté sobre una inmensa roca boluda. Encendí la vela que resguardé entre algunas piedras para sostenerla con firmeza. El aire corría en muchas direcciones y la noche me atrapó en un santiamén. Cientos de metros hacia abajo se hallaba la casa. Miles de insectos se empezaron a mover, algunos moscos fueron atraídos por la luz. Miraba atento. Sentía la brisa en mis brazos, en la frente, cruzaba como una caricia mi cuello. La pequeña llama bailoteaba en todas direcciones. La noche pesada había terminado incluso por silenciar las luces a la lejanía, las pesadas luces de la fábrica, las que avanzaban, provistas de alma, en la carretera. La llama alumbraba apenas las piedras cercanas y el borde sucio de mis zapatos. Me quedé atento al baile del fuego minúsculo. A veces disminuía, pero encontraba nuevo combustible en las paredes internas de la vela y resurgía. Luego dejó de correr el aire. Un pesado bochorno me hizo sudar. Sentí el sudor en las comisuras de mis labios. Las gotas resbalaban por mis manos, abiertos los poros de la piel. La llama iba para allá, para acá, para allá, de un lado, casi se acostaba sobre la cera derretida. Veía esa lucecita hundirse en la vela, resurgir. "Esto es una tontería", pensé. A mis espaldas estaban las ánimas de los hombres del desierto, sus mujeres, sus bestias, atentos a la pequeña pira encapsulada que contenía ese andar errante por las quebraduras de la tierra. Observé cuando la llama se levantó, estirándose para alcanzar al menos el doble de su tamaño, se peinó hacia mi rodilla, alargándose con vida propia, la punta del fuego dirigiéndose hacia mí, la imaginé en mis tendones, lumbre y huesos, hasta que, al final, en medio de la noche sin viento, la flamilla se alargó hacia El Sartejonal. Esperaba, ansioso. Tímida y firme. Nerviosa y con su contorno bien remarcado. La llama al fin se estiró largamente y se extinguió indicándome un camino en la oscuridad.

Tal vez Abril se encontraba allá.

Esa madrugada encontré su cadáver, no muy lejos del cementerio del pueblo: parco, apenas rodeado por mojoneras, con tumbas desalineadas y flores viejas. Abril, creo, había subido a investigar el olor que provenía de aquel sitio, de sus flores secas. No la habían mordido ni parecía que hubiera entablado combate con algún animal. El cuerpo no se hallaba hinchado, por lo que no tendría mucho tiempo de muerta. Además, era imposible saberlo: estaba invadida por hormigas rojas, grandes, de las arrieras. Hacían un camino metiéndose aún más en el desierto. Eran tal vez miles las que habían entrado en el cuerpo de mi gata y se la comían poco a poco. Me dio mucha lástima mi Abril. Recordé el cuadro pisoteado en mi casa, la escena del burro podrido de Buñuel. Como aquella vez, me sentí igual. ¿Cuándo nos damos cuenta de que estamos jodidos? Ahí, lo supe. Me limpié las lágrimas y regresé a la casa.

La nana Amparo me dio una pala y le pedí un galón de gasolina que guardaba para unas lámparas. Le conté todo a Irene quien acomodó a Betsabé en la cama y después me abrazó. Ni dijo nada. Su cuerpo temblaba.

—Espere hasta mañana, el sol es mejor lumbrera —me aconsejó Amparo.

—Cava profundo —me ordenó Irene.

Apoyado con una lámpara, regresé a la cañada donde yacía la gata. Con la gasolina tracé un camino a su alrededor hasta donde las hormigas tenían su nido. Sé que los hormigueros pueden extenderse por kilómetros bajo la tierra. Las hormigas cavan profundamente en la roca con su tenaz paciencia, el hormiguero se hunde metros abajo con su pérfido sentido de protección. Rocié la gasolina sobre el sendero de insectos. Estas empezaron a desdibujar su trazo al contacto con el combustible. Rocié hasta llegar al hormiguero, situado a unos setenta metros de distancia. Los conos de salida eran muchos, así que cavé alrededor de ellos un amplio círculo. A veces la pala golpeaba contra una piedra gruesa, lisa, de la época en la que toda aquella región estuvo bajo el agua y estas serranías que despuntaban a la distancia eran corales de incierta arquitectura que el sol había transformado en huesos y piedras, restos que el desierto reclamaba ahora para sí.

Rocié un poco más de gasolina en las grietas circulares y en el camino de las hormigas, dentro de los conos de arena, y seguí hasta el cuerpo de Abril, adelgazado. Los ojos habían desaparecido, los huesos ya no podían sostener la pelambre gris.

Prendí el cerillo y lo lancé.

La lumbre invadió el cuerpo de la gata, un rápido flamazo se comió la arena, el hormiguero era una cresta de fuego que bailoteaba: incendio de la carne. Las lenguas amarillentas avanzaron hasta los hormigueros y las seguí feliz, corrí hasta que el fuego alcanzó las entradas y el círculo se completó. La tierra empezó a desprender humo por ciertos puntos, liberando el calor. El desierto tiene muchas formar de apaciguar la lumbre. Cuando volví con Irene, aún llevaba el brillo de aquel fulgor lejano en mis pupilas.

—¿Viste el incendio? —le pregunté con la mirada puesta hacia el panteón.

—Sigue allá —y apuntó hacia el desierto.

Danzaban las últimas llamas, felinas, hundiéndose en la noche.

La pérdida de Abril supuso una revelación. Habíamos perdido una mascota a la que, durante mucho tiempo, asimilamos como a una hija, pero también una parte aún más anquilosada de nosotros, del pasado. Abril era un trozo de esa carne muerta con la que se construye un Frankenstein pero, ya sin ella, parecían quedar en carne viva los otros recuerdos que sin su soporte empezaban a menguar. Antes de Abril habían existido Brenda, su esposo y su grupo de amigos con los que, sin querer, intentamos formar una familia hacía años, tras la pérdida de nuestro bebé.

Todo padre tiene, como un relámpago, la muerte de sus hijos frente a su imaginación. No es que lo deseen, pero el miedo les construye escenas, un imaginario con el que se ensaya antes de que este se pueda volver real. Irene y yo, que nunca habíamos visto ese miedo como una posibilidad real, lo vivimos sin ensayo, actores torpes que no saben decir sus líneas, actores nerviosos a quienes el arrebato los vuelve lentos, mal situados en un escenario parco habitado por un féretro ínfimo como única escenografía.

Lo perdimos y entonces quisimos recuperarlo. No. Lo perdí y aún no lo recupero. Asistimos a terapia, pero ninguna nos reconstruyó. Intentamos adoptar, pero estábamos imposibilitados por las reglas del Estado que prohibía a parejas sin problemas de fertilidad darse de alta en los programas de adopción. Todo mundo busca adoptar huérfanos, pero a estos, en realidad, los esconden de padres como nosotros.

Un día, después del trabajo, llegué temprano a casa y empecé a navegar en la red. Tecleé la palabra *cuna* en franca autoconmiseración. Las imágenes que se desplegaron fueron tantas, pero una de ellas me llamó la atención: en ella había un bebé artificial, no una de esas muñecas que se venden en los mercados o en los centros comerciales, sino un bebé más en forma, con una piel firme, cabello natural, brazos regordetes y ojos color cielo.

Busqué la página y me encontré con el encabezado: "Bebés de Fiel Amor". Abajo decía: "Aquí podrás encontrar el bebé *reborn* con que sueñas, el que siempre has querido. Como bebé de Fiel Amor es una pieza única, elaborado no sólo artesanalmente sino a imagen y semejanza de los padres mediante un *software* único, jamás encontrarás dos bebés *reborn* iguales, así como no hay hijos iguales en el mundo".

Indagué en la página con morbo. Descubrí en la red a aquellos otros hijos, casi tan reales, rellenos con esferas de acero. Forrados con piel de carnero tratada para simular la piel humana. Venas pintadas en lugar de las reales. Ojos negros más brillantes que los iris donde la vida produce brillo. Abultados labios inflados con bombillas centrífugas, piel sonrosada por el hábil pulso de un pintor.

Las indicaciones eran complejas, tanto como cuidar a un bebé de verdad. No les podía caer perfume, estaban rellenos de pasta, su piel adquiría consistencia con costosas técnicas de pintura. Se les podía bañar con muchos cuidados. Había bebés réplicas y en moldes de distintas razas. Casi todos tenían los ojos cerrados y eso me intrigó aún más. Los modelos tenían nombres: Anoia, Marina, Liam, Eva, Abel, Juan Carlos. Había en distintas posturas como chupándose un dedo, con el pie derecho recogido y apoyado en la pierna izquierda, con las manos cerca de la boca, con breves pucheros o en sonrisas a media carcajada.

Estuve alrededor de dos horas viendo esas páginas y analizando los materiales. Podía tomar cursos para construir el mío, los moldes ya estaban hechos, era necesario comprar las herramientas, asistir a un curso vía web… Fantaseé un poco con eso. Sí, podía hacer uno, construirlo a mi semejanza. Dos días después compré los materiales para esculpir, lápices de colores, rellenos, cuerpos de tela, una armadura de plástico, conectores para *kits* que reprodujeran los latidos, imanes, disolventes. Si no podía conseguir un hijo de verdad al menos lo traería en partes desde Europa.

No le conté a Irene del proyecto, me enfoqué en construirlo. Vi varios tutoriales. Me encerré en la habitación del segundo piso, la que años después los ladrones respetarían. Llegaba temprano de mis labores; trabajaba entonces en una pequeña agencia de publicidad. Formé el cuerpo, empecé a colocar el armazón, calibré los sensores. Pasé muchas horas en el trabajo con el pincel y los colores, quería darle a ese bebé una tonalidad rosada, pero morena al mismo tiempo, que sus ojos, fríos en mis dedos, se volvieran cálidos al entrar en las cuencas. La construcción me llevó mucho dinero. Las bridas costaban un euro con noventa y nueve centavos; el corazón, noventa y nueve centavos de euro; ojos de Polyglass de dieciséis milímetros, dieciséis euros con noventa y nueve centavos. Con esponjas y bastoncillos cosméticos, con pinzas para depilar y esponjilla de silicona, fui dando tono a la piel. Armé el *reborn* y lo senté sobre una pequeña transportadora. Entonces noté que se veía ridículo. Hasta ahí iba a llegar. Mi capacidad como padre de un *reborn* daba para esa forma monstruosa, a mitad de camino en la nada. Esa tarde le conté todo a Irene y lloró porque la pérdida aún era cercana… pero, aunque creía que todo iba a estar perdido, me empezó a ayudar. Sus manos, su pulso más firme, me sirvieron para dar detalles donde no creía poder afirmarlos. Veíamos las páginas web para auxiliarnos, tutoriales en YouTube, hasta que ella también se rindió.

—No servimos para esto. Ni para lo otro.

—Ya mero lo terminamos.

—Mira, Alberto, mira cómo no se parece a nada, es un monstruo.

Por la noche guardé todas las herramientas y metí al hijo que no hicimos en una caja grande, donde antes había unas botas, y lo guardé dentro de un ropero. Luego me fui a la cama. Apoyada en el respaldo de la cama, Irene observaba los modelos de bebés en la pantalla.

–Mejor vamos a comprarlo –sentenció.

El bebé nos llegó un lunes de febrero. Venía envuelto en una caja de cartón duro, blanco, con el logotipo de la empresa. Estaba protegido con un arnés que lo sujetaba de los hombros. Era un niño. El modelo se llamaba Daniel: pelo corto, ojos castaños, diseñado en la posición de sueño. Sus manos estaban cerradas. Irene me ayudó a sacarlo de la caja y lo arropó con un cubrealmohadas. Nos quedamos en silencio ante él. Irene se sintió incómoda; lo sé porque se puso en pie y fue hasta la cocina de donde regresó con un vaso con agua. También le di un trago. Volvimos a guardar al bebé y lo dejamos en la habitación donde había intentado fabricar al otro que seguía dentro de la caja de botas altas.

–¿Y ahora qué hacemos? –me preguntó–. Quería comprártelo, pero no sé qué debemos hacer.

Así que revisamos las instrucciones, vimos la cantidad de pilas que necesitaba para un perfecto funcionamiento y el resto de pasos para mantenerlo en la mejor forma posible.

–¿Necesitará una cuna?

–¿Quieres gastar en eso?

–¿En qué más podemos invertir?

Fue así como compramos una cuna grande, de teca. No era barata pero, cuando el camión de la mueblería la trajo, sentí que había sido lo mejor. Colocaron el mueble al centro de la habitación. Luego cubrimos el colchón con otras sábanas y dejamos al bebé en su sitio. No sabíamos ser padres.

Al menos no de un muñeco modelo Daniel. Lo que nos sacó de cierta inmovilidad fue cuando conocí en Facebook a un grupo de papás de *reborn*. La página se deslizó ante mis ojos como antes lo había hecho la de los Bebés Fiel. Empecé a seguir el grupo hasta que no tardé en dar con Brenda, la líder de la asociación. Irene le envió una solicitud de amistad y respondió a los dos días. Su primera pregunta fue dónde habíamos comprado a nuestro bebé. Quería saber todo sobre el modelo y el taller artesanal de donde nos lo habían enviado. Acordamos una cita para conocernos, sin los *reborns* cerca.

Brenda era una mujer de mirada penetrante, estatura normal y cuerpo alargado, pocos senos y nalgas tímidas. Su esposo se llamaba Alfredo y ambos habían decidido no tener hijos. Ganaban buen dinero o eso se podía presumir por sus modales, por cierto tipo de vestimenta e incluso por su tez. Alfredo era un tipo generoso, de los que usan siempre camisa fajada y pantalón de tela bien planchado. Olía a colonia para afeitar y su mano era suave y firme, según supe en cuanto lo saludé. Nos sentíamos muy cohibidos ante su presencia, pero algo en ellos era seductor, tal vez esa noción de que, aunque no eran padres, el *reborn* les permitía exhibir un gesto de autosuficiencia, cierta fascinación propia de quien ha decidido algo.

—Ser padres es tan pasado de moda —dijo Brenda—. ¿Para qué traer hijos biológicos a este mundo? ¡Y el parto! —sonrió felizmente—. Pero admito que tener un bebé en casa es saludable. Así fue como nos topamos con nuestro primer hijo: Ethan.

En realidad ya tenían tres: Ethan, Viridiana y Benjamín: todos eran rubios y tenían alrededor de tres meses y medio de vida congelada. Nos mostraron las fotografías que traían de ellos en sus celulares. Los bebés mostraban sus pesados ojos negros y sonrisas tenues que, rápido supe, habían sido esculpidas con mucha paciencia tras recordar mi fallido intento de construir uno.

La cena finalizó y Alfredo, quien era dueño de un negocio de importaciones, nos dio su tarjeta, que dejé a su suerte en la consola de nuestro automóvil, por si algo se nos ofrecía. Días después llevé el coche a lavar y descubrí que la tarjeta ya no estaba, y cuando lo comenté de forma casual con Irene, me confesó que había hablado con Brenda y que incluso había salido a tomar un café con ella un par de veces. Esa mujer la hacía sentir en confianza, la hacía sentirse serena ante el mundo que el *reborn* nos revelaba: conocer a más personas, ¿no es eso lo que todo padre adquiere con los hijos? Los hijos ensanchan el mundo, te acercan a los desconocidos. Por esos días, nos llegó un mensaje electrónico de Brenda y Alfredo en el que nos invitaban a una velada con la comunidad *reborn* de la ciudad. Vengan con Daniel, decía el mensaje.

Llegamos alrededor de las ocho. Brenda y Alfredo vivían en una colonia ubicada casi en los límites de la ciudad, una con guardia, como la nuestra, pero con más refinamiento. Varios coches se encontraban afuera o cerca de su domicilio, que no me sorprendió que fuera grande y decorado con mucho esmero. Tocamos el timbre y, al minuto, salió Brenda a recibirnos. Nos saludó con afecto y nos invitó a entrar. Lo primero que me llamó la atención fueron las valiosas carriolas que se encontraban en el pasillo de entrada, al menos seis estacionadas en desorden, llenas de biberones y todo lo que puede necesitar un bebé de meses. Me sentí terrible. No era eso lo que queríamos, una terapia de *shock*, estar ante seis recién nacidos que nos llenarían de ansiedad. La sala era amplia y había ahí seis parejas con sus hijos en brazos. Irene, quien iba detrás de mí, me alcanzó; percibimos algo extraño en la escena, en esos padres casi de aparador que nos sonrieron con la confianza que se tiene a amigos con muchos años de complicidad. Padres maniquíes, pensé. No se veían malas personas, pero algo en ellos o en mí fue plastificándose, como una parte de mis nervios. Alfredo se adelantó y nos dio rápidos abrazos, casi nerviosos, y nos dijo que nos acomodáramos donde quisiéramos, pero no podía moverme.

—Están en su casa —mencionó con orgullo.

Brenda se nos acercó y traía algo en brazos. Pensé que terminaríamos por sentirnos incómodos.

—Les presento a Viridiana, se llama como la película de Buñuel. Es una de nuestros bebés —y le extendió a Irene una muñeca de plástico, un bebé a la medida, con tersa piel elástica, ojos azules que parecían sacados de una matriz blanda y flexible—. ¿No es hermosa? ¿Dónde está Daniel?

Aguardaba en el coche, dentro de su transportadora. No habíamos querido bajar con él, pero Brenda nos increpó dulcemente.

—¿Cómo que lo dejaron en el coche? ¡Pobrecito! ¡Ha de estar muerto de miedo!

Salí y regresé con él pero, por dentro, ese plástico iba alcanzándome las vértebras y sólo podía recordar a mi hijo de verdad que no había visto.

Irene volvió a verme y supe que ella sabía, que conocía el verdadero motivo de esa reunión. Pinche Irene, me dije. La bebé de plástico, de indudable calidad, tanta que parecía viva, pasó del brazo de Brenda al de Irene y ella la cobijó. Irene no quería alzar el rostro para verme, pero noté cómo los brazos se le ponían temblorosos, porque de alguna manera Viridiana vivía: una vida que Brenda y Alfredo le habían pasado con tantos mimos y arrumacos, en tanto que yo nada más cargaba a un bebé de plástico al que no le había migrado nada, sólo mi frustración. Irene acomodó el babero que sostenía la bebé y se lo devolvió a Brenda. Ella sonrió y nos invitó a tomar asiento. Quería tomar a Irene del brazo y sacarla de ahí a empujones porque me sentía mal al verla con esa iniciativa, pero el *reborn* en mis manos me lo impedía. Qué tanta era mi humillación para terminar en ese sitio. Me avergoncé. ¿No podíamos simplemente irnos, derrotados de ese gran vacío? Entonces supe que aquello era una tontería, una terrible equivocación, pero no quise ofrecer un espectáculo y me senté en un sofá con la quijada trabada por el enojo y llevando en brazos el *reborn*.

Eran ocho bebés en total con nombres que no parecían verdaderos: Ron, Peny, Stuart, Madeline, Marie y, finalmente, Viridiana, Ethan y Benjamín. No entendía por qué los niños tenían un nombre anglosajón. Los bebés habían sido comprados en Alemania y eran de la mejor calidad.

Un látex que no aceptaría ni la vida ni el daño. Los nueve, porque tuve que dejar a Daniel con ellos en una larga cuna, se veían satisfechos ante la compañía de los otros, juntos se volvían más reales ante mis ojos. Los adultos platicaban de política y cine, de restaurantes a los que habían ido, de viajes compartidos. Su pequeña sociedad me empezó a intrigar. Ernesto y Laura, los más viejos, llevaban con su hija Peny cerca de quince años: era el modelo más antiguo y se notaba porque las facciones se veían gastadas, algo rudimentarias en comparación con Viridiana o Madeline. Ellos eran los patriarcas del grupo. Peny vestía un sencillo traje rosa con holanes.

—Es que no le gusta la temporada de calor —replicó Ernesto, un hombre ya casi cincuentón, dueño de una empresa de acero—. ¿Quieres ver cómo ha sido con el paso del tiempo? Aquí tengo sus fotografías.

—Es hora de cambiarle los pañales —nos anunció Elisa, la madre de Ron.

Acto seguido, todas las madres tomaron a sus hijos y los depositaron sobre sus piernas, y procedieron a cambiar a los bebés, que tenían miembros sexuales bien definidos, penes minúsculos y vulvas hinchadas, respectivamente. Usaban pañales comerciales, ropa para bebé. Les pusieron talco, que era en realidad un polvo para mantener la resistencia de la piel, y los devolvieron a las cunas portátiles que había en la gran mesa de centro. Irene observó la escena con tranquilidad.

—Es nuestro pasatiempo, no es un *hobby*. Hay gente que tiene gatos y es normal. Otros tienen perros, nosotros contamos con nuestros bebés. No hay muchos en la ciudad que tienen hijos eternos como estos —intervino Alfredo—. Y es otra opción.

—¿Para…?

Alfredo apretó los labios, indeciso. Irene puso su mano sobre mi pierna para que me callara, pero estaba asqueado. Daniel era el único bebé que no había sido cambiado.

—Están muertos… esos bebés… —en ese momento, Laura se puso en pie y tomó a su Peny y me dijo que la acompañara.

Salimos a un gran patio, que no me sorprendió que estuviera limpio. Nada fuera de su sitio. De un lado había una fuente y del otro una chimenea de ladrillo con un asador. Laura se veía un poco más grande que su esposo y me confesó que ellos habían perdido a un hijo antes de tiempo.

—No hay muletas que te ayuden a levantarte de esa deshonra. Y aunque fui quien lo perdió, quiero precisarlo, quien pasó un trauma mayor fue mi esposo. Nada lo animaba, andaba sin vida, como seguro tú sabes bien. Nadie viene a este sitio porque sí, primero desean ser aceptados… Irene lo solicitó. Después de mucho pensarlo, compré una muñeca y le puse el nombre de Peny y se la llevé a Ernesto. Al principio la rechazó pero, poco a poco, fue tomándole afecto. La gente lo ve como algo inusual pero, ¿qué de raro tiene querer a un juguete? Todos guardan juguetes: carros más o menos antiguos, monedas, lo que sea. Sólo que el nuestro tiene una forma de algo que perdimos o que anhelamos tener o que no queremos tener en forma real. No sé si me explico.

Asentí.

−Pero no son reales.

−¿Qué impide que lo sean? Ellos no piden ser reales, pero duele de verdad, ¿no? Además, ¿quién dice que ese bebé es para ti?

Cuando volví, Irene sostenía en su regazo a Daniel. A su lado se encontraba Stuart, un chico de ocho meses, hijo de Clara y Miguel, que había nacido el 9 de diciembre, el día que la pareja cumplía años de casados. Usaba un pequeño pantalón deportivo rojo y una camisa blanca con el dibujo de un conejo, sus cabellos eran rizados, hechos con verdadero pelo humano. La escena me heló, pero la pregunta de Laura no dejaba de rondarme.

−¿Quieres arrullarlo? −preguntó la mujer, e Irene volvió a solicitar mi permiso con la mirada. Sonrió torpemente con los dos bebés en brazos, pero la paz y felicidad que exhibía su rostro me rompió por dentro.

Esa misma noche, al regresar a casa, acurrucamos a Daniel en la cuna y cerramos la puerta al salir.

−Sólo es temporal −le mencioné a Irene−, mientras tenemos a un hijo de verdad.

Irene me preguntó si quería comprar otro.

Sabía bien de dónde venían sus palabras, desde qué tarde, desde qué cama en qué hospital de qué ciudad. Ella quería burlarse del ángel exterminador: salvar a este primogénito. Ella quería, como en la historia bíblica, tintar de sangre los dinteles y el umbral de la puerta de su casa para decirle al ángel que pasara de largo; ella quería, como Betsabé, no clamar con ira a Dios.

Seguimos asistiendo a las reuniones en casa de Brenda y Alfredo. Una noche, Brenda nos preguntó si al fin le habíamos puesto un nombre al modelo Daniel.

—Se llama Asael, como el ángel –respondí muy orondo.

Los papás sonrieron y los niños restantes recibieron finalmente a Asael como su igual. Brindamos y decidimos que ese día era el cumpleaños de nuestro bebé.

Luego, antes de irnos, Brenda apareció con una carriola, regalo del grupo para nuestro *reborn*. Aquello me indignó. Lentamente, la furia que traía desde que vi al primer bebé Fiel en la página web empezó a aflorar. Al volver a casa depositamos al bebé entre nosotros, pero no lo soporté. Le dije a Irene que me perdonara. Se lo supliqué no sé si con palabras o con algo, con mi respiración o con mi enojo.

—Fue idea tuya hacer uno.

—Pero lo deseché y tú compraste otro.

—Para que no te quedaras solo –sentenció.

Así que me levanté y destruí al bebé.

Lo raspé contra las paredes. Desgarré su carne plástica con mis uñas. Me temblaba el cuerpo. Mi bebé muerto. Mi bebé de plástico cuyo mecanismo para respirar, esos pulmones de diapasón, se había quedado hecho pedazos. ¿Cómo mueren nuestros hijos? ¿Cómo resucitan? Destruye a tu hijo, mátalo, pero nunca lo sabrás.

La empresa nos envió otro producto al final del mes. Sólo utilizó el molde anterior. Al nuevo bebé ya le habíamos preparado la habitación. Con pañales, baberos y biberones.

Guardé la carriola que nos regalaron. Abrí el paquete y el nuevo Asael salió a la luz. Era el modelo más perfecto de todos: el más caro también, el que idealizaba una vida más sencilla al mismo tiempo, cuando los bebés de carne y hueso sí crecían en vientres mecánicos, cuando el cordón umbilical era real y no una simulación de plástico: un hijo con sonrisa y mirada complacientes y, al mismo tiempo, extrañas. Accioné el aparato para simular la respiración y nuestro bebé aspiró en ese momento. ¿Cuál habría sido la mirada de Dios al contemplar el primer hálito de sus creaciones? Lo vimos respirar ante nosotros, vivo, muerto, ¿cuánto duraría la pila? ¿En qué momento se nos moriría de nuevo? Un pequeño altavoz bajo los labios simuló un balbuceo. Irene le apretó las manos y dijo entonces el nombre de nuestro bebé verdadero, del que nunca habíamos visto más que aquel último ecograma. El hijo en mi imaginación al fin había tomado cuerpo. El hijo que el amor había matado renacía. Estaba ahí. Nos despedimos. Por común acuerdo cerramos la puerta de ese cuarto. No contestamos las llamadas de Brenda ni del grupo nunca más.

Una mañana creí ver a Laura en una oficina bancaria pero, al acercarme, supe que no era ella. A veces, cuando el recuerdo de esos días me alcanza me pregunto en qué momento esa confusión ante la pérdida se vuelve sencilla y puede ser cargada con cierta dignidad. No tengo respuesta aún, ambos sustantivos no pueden unirse, tal vez por eso no existe tampoco nombre en ninguna lengua para renombrar a los padres que pierden a sus hijos.

Cerramos la puerta de ese cuarto. Al irnos, me pregunté en qué momento dejaría de respirar ese bebé. La pila no decía cuánto duraría en condiciones de reposo. Al final, puse llave al cerrojo. Escuché el débil sonido del engrane. Guardé la llave. Nadie abrió esa puerta desde entonces. Sí, sabíamos que estaba ahí el *reborn* pero, con los días, su presencia fue aletargándose en nosotros. Pasaba a menudo ante esa puerta y sabía lo que escondía. "No te engañes, Alberto, nada ha cambiado. Sigues siendo un poco hombre. Sigues turbándote ante la presencia de los hijos de los otros. Cada bebé que aparece cerca de ti te recuerda que no pudiste ser padre; que tu madre y tu padre y tu esposa saben que tu sangre morirá sin descendencia." Nadie entró a esa habitación hasta que la ladrona embarazada decidió levantar al bebé. ¿Habría descubierto al *reborn* aún respirando, ahí, solo, con su pálido y envejecido rostro, con sus ojos negros?

Casi al final del verano nos invitaron a un rodeo de camionetas. Era uno de los eventos sociales que unía a la gente sierra adentro. Consistía en competencias de velocidad amenizadas con improvisadas bandas norteñas, carpas para jugar a la baraja y comer en familia.

—Es que ya no tenemos caballos —me dijo el hombre del camión.

Llegamos al sitio en un amplio llano antes de Benito Juárez. Había rudas carpas por aquí y por allá. Mucha gente jugaba a la baraja.

—En ese juego se aparece el diablo —musitó Amparo.

Por allá sonaba un clarinete y se apostaba por las trocas. Cerca nos llegaba la música norteña y las letras de "Currucú, currucú, le cantaba el palomito".

La nana había pasado las dos noches previas ayudando a preparar el chimole en casa de sus familiares. La regla era que todas las familias llevaran su propia comida. Nosotros habíamos ido a pasar el rato pero Irene también iba a ayudar. Ahí las personas platicaban, molían el maíz; mandaban a los muchachos a cazar palomas o conejos que tenían sus madrigueras en el cerro o en los brazos de los cactus, a recoger chile de monte; las mujeres reían, torteaban las tortillas, sacaban la carne de los cazos para tasajearla, hablaban de las ánimas mientras les daban tragos a sus botellas de cerveza y la música norteña sonaba traída de un viento muy lejano; y a unos metros, en el solar, los hombres hacían el matadero de un cerdo para llevar al día siguiente suficiente comida al convite.

Habían pasado muchos meses desde nuestra llegada a El Sartejonal. La rutina nos había escondido. Betsabé crecía; me fascinaban sus cambios. Noté que a los siete meses su rostro era distinto, empezaba a perder un poco esa apariencia redonda, se achataba: los ojos también se volvían más vivos, apretaba con más fuerza mis dedos cuando los acercaba a sus manos. La veía llevarse una a la boca y jugar con ella o simplemente quedarse quieta; decidida, jugaba con sus pies y sus brazos en una amplia y lenta exploración de su cuerpo. Me bebía sus sonrisas, pero también sus lloriqueos estridentes. La olía también. A veces hundía mi nariz en su estómago, en sus sobacos, bajo la gruesa papada porque eso le producía risa y me encantaba hacerla reír. Nada quedaba del viejo olor a cenizas y leña con el que me la había traído en la noche.

Las primeras semanas tras la muerte de Abril creí oírla en la noche, desde las cañadas desnudas de la sierra. En las pequeñas galerías y socavones, arrastrándose entre el ruido de los coches que transitaban por la carretera, me arañaba el largo maullido de Abril quejándose de la noche y de la muerte.

Sin la nana Amparo, aquella habría sido una época complicada. Ella nos auxiliaba en todo. Tenía remedios contra todo lo que un bebé pudiera necesitar: si lloraba mucho decía que tal vez sufría un empacho y sacaba una cuchara que llenaba con aceite de cártamo y con ella trataba de conjurar el mal, moviendo el adminículo en círculos sobre el vientre de Betsabé.

Comenzamos a reparar la casa. A veces me iba caminando hasta El Sartejonal y volvía cargado de víveres que compraba en la tienda de productos agropecuarios, que era también el almacén del sitio en cuanto a enseres domésticos se refería. Me compré una bicicleta, como muchos habitantes del ejido. Había aprendido a saludar a todos y ellos, poco a poco, habían ido acostumbrándose al "de la ciudad", como me decían. Iba y venía con mi bicicleta. No me importaba esforzarme, sudar. Incluso esa actividad física resulta curiosa, interesante: pedalear por la sierra. También resolvía el abasto de agua o el cambio del tanque de gas. Empezamos a construir un tanque subterráneo que un día llenaríamos y, gracias a una bomba, tendríamos agua potable con sólo abrir la llave.

Por las mañanas, Irene y Amparo limpiaban la casa, tendían colchas y lavaban las sucias mientras que yo trataba de mantenerme ocupado. Comíamos en punto de la una. Betsabé también. Se bebía sus biberones y una papilla de verduras. Empezaba a hablar, esos torpes primeros intentos de entablar un diálogo.

A veces me iba en la bicicleta y me metía al desierto. El clima y la orografía me empezaban a seducir: las bajas colinas, los montículos, el valle extenso sobre el cual se podían ver nubes a kilómetros de altura y distancia, una inmensa pantalla de cine que era el cielo allá, sin confines: azulado y rojizo en ocasiones, gris, calino. El aire corría abriendo aún más las grietas, el polvo llegaba a las vastas extensiones de arbustos resecos, árboles que tenían apenas la altura de un hombre, un ejército de piedras disperso, como tomado en la huida. Las yucas trepaban una breve colina, dispuestas a caer en emboscada.

Aprovechamos el rodeo de camionetas para ir a Benito Juárez y que a la niña le pusieran sus vacunas. Salimos muy temprano en el camión, que venía algo cargado. El gran rodeo de camionetas ocurría, al menos, dos veces al año. Los lugareños hacían competencias de velocidad con sus viejas trocas de cofres inmensos que paraban alineadas junto a tablones. Antes, me comentó Amparo, se hacían carreras con los caballos, pero ya no hay; quedan algunas rancherías, pero nada más. Con el rodeo también se llegaban un mercado y puestos donde se vendía comida de la región.

No tardé en descubrir que aquel era el gran evento social de la comunidad. Las chicas iban guapas, los hombres aparecían con sus mejores garras. Las trocas lucían limpias, aunque con la primera corrida quedaban como antes. Ahí vi una épica lucha entre una Ford 70 y una Ram 83; parejitas salieron. El ruido de los motores barría el valle que, de otra forma, hubiera estado muerto. Compramos un pozole que se hacía con nopales para cenar en la casa y después anduvimos entre los puestos. La música norteña replicaba viejas polkas. En los puestos de comida se distinguían dos olores: la grasa frita y el picante de algunos platillos en donde el cabuche era el alimento principal. Comimos, sin presión alguna, tostadas de carne de víbora y res. Betsabé se estaba quieta en su transportadora, a veces se me quedaba mirando con mucha seriedad pero, apenas le hacía un mimo, se soltaba a reír en los intervalos en los que daba cuenta de la leche de un biberón completo. Casi a las tres, con el sol aún alto, emprendimos el camino a la cabecera de la zona.

El dispensario médico respiraba decrepitud por todas partes. De las paredes colgaban carteles de hacía veinte años. Las mesas y sillas, aunque limpias, exhibían el lustre oxidado que dejan el demasiado interés en mantenerlas limpias. En algunas partes, las capas de pintura habían dejado el material al desnudo. La enfermera nos preguntó qué vacunas ya le había puesto a Betsabé y le contestamos que ninguna.

—¿Quieren que se enferme? —nos contestó airada.

No supimos cómo defendernos, pero la nana Amparo salió en nuestro auxilio.

—Son papás primerizos, Lina, mejor ayúdalos.

Resultó que la enfermera era hija de una amiga de la nana. Casi a regañadientes, la chica terminó expidiéndonos una cartilla de vacunación. Titubeamos al momento de dar completo el nombre de Betsabé: Betsabé Juárez Rodero. El nombre parecía demasiado falso pero, escrito con la letra manuscrita de la enfermera, se leía como cierto. Betsabé Juárez Rodero. ¿Cuántas veces se debe repetir un nombre para acostumbrarse a él? Al terminar la consulta, quedamos en volver en un mes para la aplicación de las siguientes vacunas.

En el camino de regreso, Irene venía callada. Íbamos en el pequeño camión que me había llevado a la carretera principal porque decidimos no volver a usar el coche, que dejamos estacionado y cubierto con una lona detrás de la casa de Amparo. El chofer llevaba música norteña a todo volumen, me acerqué para pedirle que le bajara, a ver si se dormía la niña. Aceptó del mal gusto; iba a volver a mi asiento cuando me dijo:

—Al menos quédese pa'platicar.

Me senté detrás de él y observé el camino, la carretera cuarteada. A lo lejos vi una larga montaña, como un húmero.

—Son viejos estos caminos —le dije—. Pero lo que más me gusta son los cerros, como aquél.

—¿Ese? Ah, pues es el hueso de un gigante, don, por aquí hubo muchos. Hay más terrones, llano adentro, que fueron muelas y codos y lechos donde se acostaron.

Pensé en gigantes en el desierto, pesados en su tiempo,

nervios de roca y cayéndose por falta de agua; gigantes con barbas viejas, bigotes caídos que al morir iban a guarecerse de la eternidad en un cementerio de cerros al final de aquellos llanos inmensos, hasta que el agua viniera a convertirlos en lodo.

—¿A poco cree en eso?

El chofer soltó una carcajada tras decir:

—Mire, allí va uno.

Esa noche nos fuimos a dormir con Betsabé de nuevo entre los dos; no queríamos dejarla en la cuna que le habíamos comprado por temor a que se le subiera algún alacrán.

—Alberto —la voz de Irene se palpaba tensa—. Traigo mucha ansiedad. ¿No has pensado en ella, en Carolina?

—Todos los días.

—¿No crees que sea hora de devolverla?

—Necesitamos un cambio de actitud —quise animar a mi mujer—. Vamos a organizar una fiesta. ¿Qué te parece?

—Para qué.

—Para quién, para Betsabé. Está aquí, con nosotros. Es nuestra. Vamos a festejarla.

Irene negó.

—Ya venimos de una.

Los días previos a la reunión llevamos tarjetas de invitación, apenas garabatos en un papel de libreta, a algunos vecinos de El Sartejonal, amigas de doña Amparo y sobre todo a la extensa parentela de la nana. No volvimos a tocar el asunto de Carolina. No quería decirle a Irene que sus sospechas estaban más que confirmadas y que Carlos Becerril se encontraba alterado por el asunto.

La fiesta resultó una experiencia única. No fue como la habíamos imaginado. Llegaron las viejas. Todas las viudas de El Sartejonal avanzaban por el lado derecho de la carretera, encorvadas, gordas, con sus largas trenzas marchitas anudadas con moños de colores, muchas con decorosos vestidos negros y viejos: las viudas del desierto. Una a una fueron entrando a la casa y recibiendo el abrazo caluroso de la nana Amparo. ¿Qué fiesta era esa? Eché de menos a nuestros amigos en la ciudad, a Bernardo, a sus compañeros de trabajo. La ciudad que habíamos dejado permanecía ahora en una bruma, a varios meses de que la habíamos dejado atrás. ¿Seguirían sus calles con la cotidianidad de siempre? La echaba tanto de menos que podía cerrar los ojos y ver la forma en que la luz iluminaba las fachadas de ciertas calles y oír el tráfico matutino. No era el momento para hacerlo. Ahí, ante la mesa, estaban las oscuras viejas del mundo, de miembros alargados o gordos, una parvada de zopilotes que comía pausadamente gelatina de fresa o masticaba la ensalada de pollo. La nana Amparo quiso que cocináramos un asado de puerco, pero Irene dijo que era una fiesta para una bebé. Procuré atenderlas, pero andaba rebasado. En medio se encontraba Betsabé, sostenida por esos brazos quebradizos que olían al polvo del desierto, un polvo agrio, un aroma pesado que se sentía en la nariz.

—¡Qué belleza!

—¡Qué lindos ojos tiene!

—Miren su pelo, tan lacio.

—Qué bien huele.

—Es un encanto.

—¿A quién se parece?

—A él… claro, miren, tiene sus cejas y su frente.

Un rumor de viejas alabando algo que aún no es, porque un bebé es eso: algo amorfo que no se decide a extenderse aún. Betsabé había adoptado cierta forma de mirar el mundo y me entretuve en la manera como sus ojos iban de un lado a otro, orientándose, buscando la voz que la llamaba. Del otro lado de la casa, afuera, estaba la familia de la nana, casi ninguno había querido entrar y ahí daban cuenta de la comida y la cerveza. Un joven había llevado su guitarra y rasgaba los tímidos acortes de una redova.

—Miren cómo se muerde los labios —decían las viejas.

—Pero si es un angelito.

—Sus cachetitos, mi hermosa. Tállenle un águila para la buena suerte.

—Mira sus piernitas.

—Háganle una pata de venado, una cola de conejo, récenla con una rama de laurel.

—¿Ya duerme toda la noche?

—Que duerma con unas tijeras en cruz.

—Encomiéndenla a mi Pancho Villa.

—Si se empacha, denle armadillo.

—Báñenla siempre con agua bendita.

—Cuídenla de los cóconos… sosiéguenla.

—Cántenle: Duérmete niño, duérmete ya, porque ahí viene el viejo, te come la carne y te deja el pellejo.

—Pónganle una medallita en la frente para el mal de ojo.

−¿Guardaron su ombligo? Que no lo toque nadie para que no le roben el ánima.

Irene y yo estábamos sorprendidos al oír a las viejas, porque nos descubría otra forma de pensar en Betsabé. Un ser humano completo que nosotros no podíamos ver. Por eso me sorprendía cómo era que ellas me la revelaban, difusa, en un pliego oscuro de un recuerdo añejo. La del *reborn* inconcluso en la caja de zapatos.

−¿Ya vieron que tiene un moretón muy raro? −mencionó una vieja.

−Es de nacimiento −respondió otra.

−No lo es.

Sí, Betsabé llevaba un moretón justo debajo de cuello.

−Seguro la picó un insecto, es que con esos desgraciados no se sabe.

Al anochecer, las viejas se fueron. De nuevo, fantasmales, con sus largos vestidos, de regreso a sus casas a esperar la muerte. Y pensé, no sé por qué, que volvían a su pueblo después de estar una breve temporada en el infierno. Con una bebé, qué ofensa. Esa noche soñé con páramos siniestros. Iba con Betsabé en brazos, oía el palpitar de su corazón afiebrado. Centellas a lo lejos ahuesaban la tierra. Solo. Entrábamos a una esquina del mundo. En la yerma tierra, un muerto sostenía con una mano a un rey de larga capa de zorro mientras, con la otra, mantenía un viejo reloj de arena. Un descarnado cubierto con una armadura revolvía entre unos toneles en busca de monedas mientras, cerca de ahí, un perro mordía el rostro esquelético de una mujer. Había esqueletos huyendo en distintos grados y direcciones, como nubes en el horizonte del desierto, hombres miraban un cielo anaranjado por un sol umbrío. Sonaban víboras de cascabel, pero nadie las mataba. En cajones de madera se encontraban hombres amortajados, y los muertos llegaban por ellos para abrirles los cuellos y los muertos los llevaban en andas y los muertos mordían y escupían aquellos huesos pulidos y amarillentos y los muertos les besaban los labios gordos y putrefactos. Adargas aquí, allá; carretas lazadas por esqueletos con pilas de cráneos limpios en sus cajones traseros; pilas en espera de la pala que los vaciaría sobre zanjas donde otros hombres arrodillados clamaban una justicia que no existía en ningún reloj, porque la muerte había triunfado. Largos faisanes sin plumas aguardaban junto a esos caminos, y yo corría con Betsabé junto a mí. Huía del ir y venir de caballos en su esqueleto. Apretaba a Betsabé para que no viera los riscos, de los que caían cuerpos a un campo de batalla de lanzas enhiestas, a cruces junto a un lago plúmbeo que recorrían de una orilla a la otra, de un sufrimiento a otro; barcazas acorazadas que llevaban a los muertos vestidos con togas. Vi una casa a la que entró una paloma negra y, tras ella, un pájaro carpintero de cabeza negra. En una esquina de ese mundo alguien hacía una fiesta con una espada desenvainada en su mano huesuda mientras, con la otra, en un cáliz sagrado, ofrecía en silencio un ron pestilente. Otro tocaba un laúd. Un grupo de viejas sostenía a un bebé para devorarlo. Me acercaba a ese grupo de viejas que sostenían al bebé y descubría el rostro de mi hijo, del verdadero. Ahí, tierna su carne en espera de las dentelladas. Me unía al festín y empezaba también a comerlo. Al hijo, al verdadero. Luego, al terminarlo, entregaba la niña a las viejas. Todos dan por sentado el triunfo de la vida. Niños que nacen aquí, allá, campos rebosantes de trigo, presas, con qué facilidad se da la vida, carajo, con qué rapidez se forma una familia, se extiende, echa sus raíces. Nadie vive pensando en lo peor que le puede ocurrir y, sin embargo, todo eso pasa, ocurre, desfila frente a nosotros como un bebé sin rostro.

Una tarde llegas a casa y tu esposa te ha preparado de cenar algo inusual. Temes. Algo quiere festejar y vuelves a temer. Está nerviosa. Asustada tal vez. Durante la velada ella juguetea con su argolla matrimonial. Al final te entrega un pequeño sobre con tu nombre. Temes. Es un sobre cualquiera, que tal vez encontró en los cajones del escritorio. Un sobre amarillo con la letra inconfundible de tu mujer. Desanudas lentamente el cordón. Por alguna razón estás alerta, no sabes de dónde vendrá el golpe. Pasas saliva. Temes. Te acomodas mejor en la silla. Una gota de sudor se balancea en tu oreja. Adentro del sobre hay una impresión fotográfica, en papel delgado. La desdoblas y ves en la ecografía un sinfín de líneas blancas y, entre ellas, un punto blanco señalado con una flecha. Temes. No deseas mirar a tu esposa. Antes de alzar el rostro, recuerdas todo lo que huiste, lo que estuviste escondiéndote en tu vida, las mujeres con las que estuviste, aquellas a quienes les dijiste "amor", las noches cuando las penetraste, cuando las dejaste atrás: las mujeres que te dijeron que te amaban y, al final, desaparecieron porque nunca se logra ser verdaderamente importante para el otro salvo la urgencia de algunas caricias y ciertas palabras de complicidad. Temes y se agolpa en las orillas de tu esófago la sensación del asco, el deseo de sacar una mentira que has tenido en la vida y expulsarla con un vómito descomunal donde, al parecer, se irán las puterías que has hecho, las mujeres a las que has dañado, un vómito para transformar las maldiciones en silencio porque quieres estar, por un momento, limpio. Decente. Ser un hombre honrado. Para él. Para ella. Temes. Porque frente a ti está tu hijo. Aún no se forma. Tal vez su corazón aún no late, pero ese hijo ya es tuyo. Te ha cambiado. Temes y corres a abrazar a tu esposa. Lloras aunque por fuera te sientes abochornado. Te vas a la cama con una extraña sensación. A media noche te despierta el asco y pasas una hora en el fregadero. Tu rostro no miente. Temes estar más que jodido porque no cambiarás. Porque seguirás siendo un hijo de la chingada. Porque ni siquiera los hijos nos vuelven mejores personas. Nos ralentizan. Nos enseñan a percibir el tiempo de forma diferente y nos recuerdan la fragilidad: seres que caminarán de por vida como sobre una ligera capa de hielo: eso es ser padres, y lo sabes de una manera contundente. Tu esposa se levanta de la cama, se acerca a ti, aún quedan rastros del perfume en su cuello y te abraza, juntos vuelven a la cama. Se aferran al otro. Juntos, aunque la noche sea una hiena. Después vienen las pequeñas negociaciones. Las citas con el doctor. El pensar cómo se llamará el o la bebé. Compras un par de calcetas para ella. A las semanas de ir con el doctor descubren que hay un hematoma cerca del embrión y entonces el hielo se vuelve más quebradizo. Aparecen los primeros sangrados en la madrugada. Cómo escalda la piel a esas horas. Transcurre un mes de reposo total en el que en realidad intentas ser el mejor esposo del mundo, aunque te cueste, porque tu naturaleza es siempre fracasar. Temes todo este tiempo. Una noche ocurre un sangrado mayor. Salen de casa, pero el único hospital al que logran llegar no recibe enfermos. Deciden volver. A los días, el doctor lo dice. El corazón dejó de latir. A partir de entonces vives en el hielo. En el fondo todo es blanco. Esa misma mañana hacen el legrado. Ves a tu esposa camino al quirófano rodeada por sus verdugos. Sin palabras. Temes porque la vida ya no tiene palabras. Ni apellidos. Ni frases bonitas. Y de atrás, de quién sabe dónde surge la verdad: nunca podrás ser padre; simplemente viene y te tumba, se instala para siempre en tus venas, te cambia el apellido porque, con ese hijo que se va, descubres que estarás mutilado por el resto de tu vida. Que finalmente no serás esa persona. Nadie sabe la suma de las humillaciones con las que un hombre se va a una tumba y esta es la historia de tu humillación. Que estarás separado del resto de los otros. Esos que son felices con sus hijos. Que cada bebé que veas te recordará al que perdiste. Eres de los marginados. No te sorprende lo rápido que dan de alta a tu esposa del hospital. Todo el tiempo que está operada tú sientes la frialdad de los instrumentos que rasgan la matriz. El doctor receta muchos medicamentos. Cuando pasa la anestesia surge el primer punzón. El enojo. La humillación. Has sido pesado y has sido hallado falto, como dice la inscripción en la pared. Te sorprende cómo un vientre, una matriz, puede ser bandera segada, pozo seco, río lleno de piedras, un agujero tapiado, un pozo de basura. Ves a tu esposa, pero la luz se le ha apagado... ¿Cuánto tarda en recuperarse esa luz, en reunirla, darle nombre, reconfigurarla, amamantarla?

Cuando desperté, sostenía a Betsabé con todas mis fuerzas. En la oscuridad vi sus ojos. Un alacrán trepaba por la pared.

Desde la segunda semana que llegamos a El Sartejonal busqué trabajo, quería parecerme al resto de los habitantes de aquel desierto. Los pocos sobrevivían de cultivos de chayotes y de la sequía. Esta se posicionaba sobre sus débiles cultivos en parcelas que se encontraban más allá de la sierra, en un extenso valle de palmas anchas y surcos. Echaban las semillas en las resquebraduras de la tierra y esperaban a que el sol las quemara. Eso eran las semillas desde que el puño las rociaba sobre la humedad que el sol rápido lamía: semillas de fuego que daban árboles muertos, zarzas ardientes en el desierto que despeinaban a aquellos que se les acercaban. La nana me contaba que la tierra que rodeaba el inmenso ejido estaba endurecida como una muela. Cuando la sequía se declaraba, llegaban los apoyos del gobierno. Algunas camionetas aparecían por la carretera principal, instalaban unos toldos y levantaban un padrón entre los damnificados que, tras la entrega de las credenciales de elector que se usarían en la siguiente y en todas las elecciones a gobernador, senadores, diputados y alcaldes, recibían bonos que podían cambiarse al mes en una pequeña sucursal bancaria a las afueras de Saltillo.

Otra temporada esperada por las mujeres era las vacaciones de Semana Santa y Navidad. Entonces, subidas al camión de Ramiro, apretadas en las bancas y los pasillos, iban hasta la carretera provistas de su pobreza y sus proles, que eran grandes. Empezaban a caminar, extendiéndose a lo largo de la carretera, por ambos sentidos para pedir de comer ante el paso veloz de los coches que se detenían en la gasolinera o el retén de la policía. Para los niños aquello era una fiesta.

La gente les daba cualquier cosa de comida y a veces armas. Una vieja era famosa porque, al pasar una camioneta, un joven había bajado la ventanilla y le había entregado una ametralladora que ella sostuvo como quien carga un venado. La cambió a los días en el retén. Algunos daban dinero que las mujeres se guardaban en los rebozos o lo escondían en la pobreza de sus vestidos.

Con los hombres era distinto: ellos nunca salían a pedir. Si no eran mecánicos, se esperaban ahí, en la casa, o bien se iban a trabajar a la gasolinera o vendían míseros cacahuates. En el paradero esperaban junto a jardineras, los más jóvenes trataban de ganarse unos pesos al limpiar los parabrisas de los autos que se estacionaban delante de un Oxxo. La vida, como en todas partes, se charlaba: las historias venían de los extranjeros, los viajantes, raza ajena, con un gen que ellos no disponían, siempre la vida en la carretera, inmóviles ante el paso del mundo a más de cien kilómetros por hora. Se registraba con sumo cuidado a las mujeres que se detenían, a los hombres que conducían camionetas del año; había historias de viajeros: el que llegó en una Ford Lobo y dejó un motor de coche al lado del camino, un viejo que estacionó su sedán y murió al instante; parejas de jóvenes, caravanas: se burlaban de ellos, recordaban a algunos en especial. También tenían juegos: contaban la procedencia de las placas de los coches que se detenían, o si un día había más camionetas que automóviles Apostaban por accidentes y atropellos.

Otros trabajaban en el rastro. Las semanas que laboré ahí entraba a las cinco de la mañana y, a esa hora, ya estaban las aves en los corrales. Los pollos venían del interior de la sierra, de los míticos criaderos. A veces pasaban los camiones muy de noche, casi en la madrugada, con un río de cloqueos tras de sí. Tiraban a los pollos en los corrales y de ahí nosotros teníamos que ir por ellos, corretearlos y tomarlos del gaznate. Algunos, ahí mismo, los mataban torciéndoles los cuellos, como si agitaran un rehilete, o les pegaban con un martillo.

Vi a muchos hombres matar aves de forma mecánica, persiguiéndolas, como niños torpes que intentan pescar una mariposa. Las gallinas corrían en círculos, agitaban las alas, sus ojos oteaban al intruso, pero luego se quedaban quietas, ilusas ante el paso del peligro. Son tontas las gallinas. Al morir quedaban tiradas en medio de las plumas de las otras y se apilaban hasta que los cuerpos no parecían ni gallinas ni nada, un montón irreconocible de algo que nunca pude llamar comida. Luego las transportaban en carretillas a las líneas de colgado, se les quitaban las plumas con agua hirviendo, grandes ganchos entraban a los cuerpos para extraer casi de golpe las vísceras. La sangre goteaba por aquellas líneas, las plumas, los picos, sus huesos. Luego había otras máquinas que terminaban de cortar la carne, lavarla y empacarla. Incierta es la mirada de los hombres que se dedican a asesinar animales. Son seres parcos que hace mucho perdieron la posibilidad de volar. No soporté ese trabajo. Sentía la sangre bajo mis uñas y el olor de los excrementos de las aves era una saliva oscura que me goteaba en el paladar. Llegaba a cargar a la bebé, que empezaba a crecer más y más, y me rechazaba.

Durante los primeros meses pensé que Betsabé nunca crecería; siempre mantendría ese tamaño, se eternizaría en sus siete meses, por eso cuando fue volviéndose más grande y cambiaron sus facciones algo en mí se decepcionó, o será que el hijo en mi imaginación nunca había perdido su forma: se mantenía inerme, vencía el horror del tiempo. Muchos años cargué con un bebé en la memoria que nunca había dado un estirón. Betsabé se transformaba, su rostro, cada dos o tres meses experimentaba un ligero cambio, se perfilaba mejor.

De todas las personas que conocí durante el trabajo como despachador de gasolina, a quien más recuerdo es a un hombre que vivía del otro lado de la gasolinera, cruzando la carretera federal. Se llamaba Humberto. Le tenía pavor al camino. La carretera le había quitado a su esposa e hijos. Vivía encerrado, salía a su solar para mirar las lejanas serranías, único sitio al que deseaba irse. Algunas mujeres que conocían la historia de sus muertos le llevaban comida al finalizar el día. El hombre las esperaba sentado en una silla, mirando la sierra. Una vez lo visité y me pareció una persona muy lúcida. No era de pocas palabras, al contrario. Me habló del camino y de lo que este hace con los hombres, lo que revela a los que se quedan, describió a los hombres que vivían al lado de la carretera: eran como una madeja de raíces viejas y podridas porque todos los días el camino daba lecciones para huir, pero nadie se iba. Así somos, me lo confesó. Días después se desató un sol de agua, como le llamaban por esa zona a la lluvia con el sol en pleno. Mientras cargaba gasolina a una camioneta roja, vi a Humberto salir de su casa para asistir al último encuentro con la carretera. Tras su muerte, siempre me pregunté de qué tipo era la raíz que me hermanaba con ese hombre. Si era vieja, si se plantaba junto a una vida sedentaria para nunca moverse. Si era la de un hombre acostumbrado o vencido. La respuesta me decía que no era nada de eso: mi raíz era la de un hombre sin descendencia: un descastado. Ninguna hija vendría a reconstituirla. De alguna manera había jugado en contra de mi naturaleza. Lentamente esa verdad se apoderaba de mí e iba quitándome la rabia pero en su lugar no me dejaba nada.

Tras la muerte de Humberto me sumí en una profunda depresión. Pasaron muchos días sin que ocurriera algo significativo, hasta que un día llegó una camioneta estaquitas y lanzó sobre el mostrador del Oxxo los periódicos de la región. Me acerqué con descuido para leer el mundo en aquellas páginas. No tardé en dar con una noticia: en Monterrey habían asesinado a un comandante de la policía: se apellidaba Cuevas. Lo habían baleado mientras desayunaba tacos mañaneros en la calle.

Aquella temporada de escondernos llegó a su fin por tres razones. El asesinato de Cuevas me relajó. Habían dado cuenta de él mientras desayunaba en una taquería por el rumbo norte de la ciudad. Habían dejado casi noventa casquillos en el suelo tras el fusilamiento en el que también habían fallecido algunos clientes. El periódico decía que había sido un golpe para detener cierta investigación, pero no lo creí. Los asesinos habían huido en una motocicleta. Con Cuevas muerto, pensé que podríamos volver a la ciudad. Ya no quedaba nadie en la comandancia que nos recordara. La segunda razón me la otorgó una noticia que me llegó por vía de Carlos Becerril, y la tercera fue porque la misma Betsabé nos obligó a movernos. Todo ese tiempo me había sentido incómodo, pero la bebé crecía y nosotros nos acomodábamos más a la vida en aquel sitio. Una noche, Irene me preguntó cuánto tiempo teníamos escondidos.

–Pensé que eran menos meses, pero ahora que lo dices me parecen justos.

Amparo era la primera en levantarse; le daba de comer

a la bebé, le cambiaba el pañal durante la noche, la bañaba antes de que el sol saliera a barrer el pueblo que siempre parecía hundirse un poco más en la arena brillante. Nosotros despertábamos apenas una hora después, cuando la alta temperatura empezaba a calar entre las sábanas y era usual despertar empapados en sudor. Irene le ayudaba a la nana con Betsabé.

Nos sentábamos a desayunar; después me iba al trabajo en el camión de don Ramiro, junto con el resto de los hombres. Al volver, caída ya la noche, me tiraba a dormir un poco. A veces Amparo salía y me platicaba de las estrellas: de las Cabrías que señalaba en el fondo del universo sin que yo pudiera precisarlas, o del camino de Santiago, una larga hilera de polvo que cruzaba la noche, la polvareda dejada por tres apóstoles al huir al cielo. Oía esas historias con cierta fascinación. Luego me traía a la niña. La tomaba en brazos, jugaba con ella, la cargaba, intentaba hacerla dormir, hacía lo que todos los padres, de todas las familias, pero al rato me cansaba y se la regresaba a Amparo.

Uno de los objetos que le había comprado a Betsabé en Saltillo era un libro de plástico que se había vuelto en su juguete favorito. A veces la bebé me veía con cierta profundidad, pero después salía de aquel estado para comportarse como siempre. Sonreía mucho, también gritaba. Había aprendido a devolver la comida que no le gustaba y siempre quería estar en brazos. Apenas la acostábamos lloraba, pero en cuanto la colocábamos en vertical empezaba a sonreír. Descubrí una cosa terrible: ser padre era muy cansado y el hastío se colaba con más insistencia que antes. Irene parecía descubrir esto en mis actos y hacía una ligera mueca de reproche cuando desatendía mis responsabilidades con Betsabé.

Empezamos a recuperar nuestra vida cuando llegaron a instalarnos una antena para el satélite y finalmente pudimos ver los viejos programas que habíamos dejado de sintonizar. También la nana había resucitado de aquella hibernación en la que vivía antes de nuestra llegada. Su energía era sorprendente y no pude más que ser testigo de cómo la anciana recobraba el color en las mejillas y su mirada se volvía más lozana con el paso de los días, con el gatear de Betsabé.

—Cada vez se parece más a usted, joven —nos dijo Amparo una tarde mientras en la radio oíamos "Yo sé que estoy perdido, pero sé la razón"—, pero a mi niña sigo sin sacarle parecido.

Irene la escuchó desde la recámara donde descansaba.

—Claro que sí, nana, mira…

Cargó a la bebé y se la colocó muy cerca, para que comparáramos con más facilidad.

—No, mi niña, igual y la escogieron nada más con la cara del joven.

Irene nos regresó a Betsabé y se volvió a acostar, pero esa noche discutimos fuertemente. Salimos al desierto para seguir hablando. La temperatura empezaba a descender en cuanto el sol se ocultaba.

—¿Qué es esa tontería de que se parece a ti?

—Son cosas de tu nana, sólo eso, figuraciones.

Irene lo negó.

—No es cierto, también lo veo, esta niña crece y se va apretando su rostro, toma cierto aire tuyo… no tiene nada mío, no debería tenerlo.

—Hasta parece hija de Carolina y mía, ¿verdad?

—Chinga a tu madre —sentenció Irene.

Al octavo mes con doce días, nos empezamos a quedar sin dinero de nuevo. Entre el desierto, la niña y las incomodidades, Irene y yo estábamos distanciados desde hacía semanas. Hablábamos sólo lo necesario, aunque su relación con Betsabé no había cambiado, incluso se había acentuado. La cargaba más, la llevaba a pasear al pueblo, donde se quedaba a platicar con las mujeres del restaurante y luego volvía. La observaba alejarse y regresar. Al llegar a casa me entregaba a la bebé, pesada como un costal de naranjas. Debía ir de nuevo al banco a sacar lo suficiente para vivir los siguientes meses. Eso acentuó nuestra lejanía. Alimentar a Betsabé y también a la nana Amparo, además de pagarle un sueldo, casi a exigencias de Irene, terminó por llevarnos a la ruina. Una parte de mí ansiaba volver a la ciudad. El polvo se metía en las casas por cualquier sitio posible y sencillamente estaba fastidiado: del enojo de Irene, del ir y venir de la nana Amparo, incluso de las tardes cuando Betsabé se montaba en su berrinche y no salía de él. Una mañana me despedí de Irene y tomé de nuevo el camión de don Ramiro que llevaba a las mujeres a pedir a la carretera. Iría a sacar dinero de la cuenta grande. Abordé un autobús de regreso a Saltillo. Desayuné en un restaurante y pedí un buen, un delicioso café que me animó. Leí varios periódicos, me detuve en los aparadores y finalmente saqué dinero del banco. Todo ese tiempo, sin embargo, estuve atento al movimiento en la sucursal. Los gestos del gerente para aprobar una disposición alta de efectivo me aterraban, la lentitud con la que contaron el dinero para entregármelo. Salí con toda la culpa de aquel sitio. Ya en la calle, decidí entrar a un café internet. Abrí mi correo y lo primero que encontré fueron muchos mensajes de Carlos Becerril.

El primero era escueto: "Necesito contactarme con usted". Los demás mostraban exasperación. En el último me había dejado un número y un mensaje lacónico: "Llámeme cuando esté listo".

Salí del café y deambulé un rato más por las calles, movido por la ansiedad. De pronto, todo el pánico dormido había vuelto. Compré una tarjeta de teléfono y llegué a un aparato público. Me temblaban los dedos al digitar los números. No tardó en entrar la llamada.

−¿Becerril?

−… ¿Es usted?

−Hola.

−Llámeme a este otro número. No… ¿A dónde le puedo marcar?

−Estoy en la calle.

−Ni modo. ¿Ya se enteró de lo que le pasó a Cuevas?

−…

−Sé que parece un juego, pero… esta línea es segura. ¿Cómo está la niña?

−Becerril, ¿de qué niña me habla?

—La bebé… la bebé… ¿qué más? Mire, ya estoy en contacto con los ladrones, me ofrecí a investigar la desaparición… No sospechan nada de usted… pero…

—Es decir, ahora trabaja para ellos…

—No se enrede, sigo trabajando para usted… el…

—Siga, Becerril, qué quiere.

—No quiero hacer más larga la historia. La chica se volvió loca, sus familiares también. Hace meses que Horacio está preso. La policía se lo llevó porque lo capturaron con objetos robados… Les di el camino, para que esté tranquilo. Se lo llevaron, pero no tocaron a la chica ni a su esposo. En la cárcel, Horacio ha hecho tratos, no sé. He seguido viéndolos, claro está. Carolina está destrozada, pero aun así sigue entera.

—¿Qué quiere?

—Se lo he estado preguntando desde el inicio de esta llamada, Alberto. Ustedes se la llevaron. Si no quieren regresarla no importa, es decir, ya, ¿qué importa? Pero necesito mis honorarios. Nunca deje a un detective sin su pago —imaginé la sonrisa de Becerril al decir esto—. Es la misma cuenta. ¿Cuándo espero la lana?

Oí lo que Becerril agregó del destino de aquella familia. Con el encarcelamiento del padre, los chicos habían terminado por vagar de un empleo a otro. Carolina ahora trabajaba en una empresa de embutidos, jamones, salchichas, pasteles de carne. El padre de Betsabé le ayudaba a un hojalatero.

—¿Me oye, Alberto?

—Aquí estoy.

—¿Qué es lo que piensa hacer ahora con la bebé? Ya, me paga y se olvida. Es asunto suyo.

No le contesté.

—Se llama Raquel, la niña… ese es su verdadero nombre —me confesó.

Le pedí un número de cuenta y prometí depositarle, aunque no pensaba hacerlo.

De regreso a El Sartejonal tenía la mente limpia, el peso se había caído de mis costillas, de algún sitio imposible de encontrar dentro de mi cuerpo, ahí donde habita el miedo. Carolina era una guerrera, había dicho Becerril. Yo, ¿qué era entonces? ¿Sólo un pobre pendejo?

Era un padre.

Era mi padre.

Era el hijo perfecto que había tenido en mi imaginación y que, poco a poco, empezaba a borrarse llevándose algo que había sido mío, un espíritu tal vez, dejando cierta desolación ahí, habitable, expandible.

El camión se detuvo frente a la casa y, cuando bajé, casi como un sonámbulo, entré a la casa. No había nadie. Había algo de comida preparada sobre la estufa, un guiso de cerdo con chiles rojos; encontré arroz y me senté a cenar. Casi con los últimos rayos de sol aparecieron mis dos mujeres y la nana Amparo. Betsabé venía llorando… pero ya no pude ver a Betsabé: sólo a Raquel: la pequeña Raquel, ahí, en brazos de esa mujer que tampoco ahora era mía. La niña no dejaba de berrear. La intenté calmar, dejé el plato y me salí con ella para arrullarla en el inusual aire caldeado de la noche. Poco a poco la fui durmiendo, hasta que se quedó callada en mis brazos. Cuando regresé, Irene miraba la televisión, un documental sobre la vida de los egipcios, y la nana Amparo tejía una chambrita. Betsabé respiraba, su cuerpo se henchía suavemente. La dejé dentro de la cuna.

La felicidad existe; ser feliz es posible. Esa noche tuve una revelación. Lo malo de las revelaciones es que no llegan al inicio de la jornada ni en las últimas horas, sino que aparecen justo en medio o tras el meridiano, cuando todos los errores que has cometido ya no pueden deshacerse y sólo te puedes encaminar a hacerlos más profundos, o bien, deformarlos. Mi revelación fue cursi: ser un buen padre para Betsabé. Decidido. Esa niña ya era mía. Si su madre real era una guerrera no podía quedarme atrás.

Pero se llamaba Raquel. Qué malo era saberlo.

Todo inició una tarde de octubre, con los primeros días nublados sobre El Sartejonal. El aire caliente fue adelgazándose hasta convertirse en una brisa tibia. No tardó en dar paso a vientos más frescos hasta que fue necesario sacar las cobijas para guarecernos en la noche de los fríos que mordían el valle.

Con el descenso de la temperatura se hizo necesario proteger la casa con plásticos y periódicos. Taponeé los orificios que en tiempo de calor nos permitían algunas corrientes de aire, pero con la temporada de invierno taladrarían la tibieza de nuestra casa. Hice mezcla y tapié cualquier orificio entre los bloques de adobe. Pero nada de eso evitó las primeras toses de la temporada. Una mañana, la nana Amparo apareció con una irritación en la garganta más fuerte de lo normal. Después la voz se le agotó y la llevamos al dispensario médico que estaba en Benito Juárez. La enfermera le dio pastillas y jarabes pero nada hicieron por su garganta rota. Me comprometí a traer inyecciones desde la casa del doctor, que vivía mucho más lejos, en la gasolinera del entronque con la carretera. Salí una mañana y, cuando regresé, la nana Amparo se hallaba dormida. Irene también había tosido. Le quité a Betsabé y la resguardé. La amenaza pasó más rápido de lo esperado, pero algo se quedó en el aire que parecía cernirse sobre nosotros con inquietud.

Dos noches después, Betsabé empezó a toser. Era un quejidito de ahogado, el aire le rompía los pulmones cada vez que inhalaba. Daba ansiedad oírla. En vano, la nana Amparo le dio remedios raros como cortar un ajo por la mitad y acercárselo a la nariz. También le dio vaporizaciones de eucalipto y limón y una noche descubrí que, debajo de la almohada, en la cuna de Betsabé, había una cebolla cortada. La bebé sí tosió flemas, pero la tos continuó.

Me enojé mucho con la nana, pero ella no podía hacer otra cosa. La tos no cedía, así que volvimos a ir al dispensario. La enfermera cargó a Betsabé y la empezó a arrullar, le daba palmaditas en la espalda y después le dio un jarabe que esta regresó sacando casi todo el contenido con la lengua. La nana Amparo le dijo lo que le había recetado a la pequeña y la enfermera asintió con interés. Regresamos a casa. Cómo se me hacían lentos los pasos en aquella habitación. A pesar de ser ya casi noviembre, la temperatura había empezado a subir un poco y eso nos dio esperanza: con el tiempo la gripa desaparecería. Los desvelos habían vuelto porque Betsabé se despertaba en la madrugada, y ya fuera Irene o yo nos levantábamos, pero la nana nos apretaba el paso y corría a la cuna por la niña.

—Ya la embracilé, Alberto —decía feliz.

Era un alivio: así volvíamos a dormir.

Una de esas noches me quedé despierto, cargué a Betsabé, la acuné en mi regazo e intenté hacerla callar, pero su tos seguía tan áspera que sacaba lo peor de mí.

—Préstame a la niña, Alberto, yo la cargo —me pidió Irene.

Betsabé se quedó muy tranquila en sus brazos.

—Un día vas a encontrar a tus verdaderos padres —le murmuró.

Irene salió con la bebé y, cuando regresó, mi ánimo no era el mejor. Le quité a la niña y me acosté con ella.

—¿Qué fue eso que dijiste hace ratito? —quería pelear con Irene mientras palmeaba la espalda de la bebé.

—Que un día tendrá derecho a irse por esa carretera, nada más.

Observé a la bebé con extrañeza. Abril ya no estaba con nosotros ni nuestra casa ni nuestra vida. Recordé las palabras de Laura sobre la pérdida que se nos tatúa en las venas. Empecé a atar imágenes: Irene sentada afuera de la casa con la vista perdida en la carretera; Irene al comer pausadamente porque, en realidad, no quería alimentarse. Entonces pude ver que mi mujer había adelgazado, sus pómulos se remarcaban más en aquel rostro que había amado, las muñecas de sus manos eran más delgadas de lo usual. ¿Qué había sido de su risa y de sus sarcasmos? Había dejado de leer, de ver películas que le gustaban; había, como en un sueño muy profundo, abandonado la ciudad que anhelaba. Todo eso vi en ese momento, un mosaico del abandono que confirmé con sus palabras:

—Ya pronto va a ser un año, Alberto. ¿No crees que es hora de devolverla?

En ese momento sonó en el desierto un sinfín de cigarras. Era como una voz de fantasmas que andaban en la noche. Alguna vez había oído, en voz de la nana Amparo, que el canto de las cigarras trae consigo los lamentos de nuestros muertos. El canto de las cigarras, atípico en aquellos meses del año, me indicaron que tal vez las palabras de Irene eran ciertas. Había qué volver aunque no sabía a dónde.

—Ya no soporto vivir en este lugar, este polvo, la comida, sé que la nana se apura, pero, Alberto, este no es nuestro sitio. Ya no quería saber nada de un hijo… estaba a gusto, tranquila. Sacamos al *reborn* y lo dejamos en el baldío, ¿lo recuerdas? ¿Por qué no has podido olvidar? ¿Por qué no lo has dejado atrás? ¿Por qué no me dejas también atrás?

La tarde que nuestro bebé murió había terminado ebrio en una cantina cercana a la casa. Ebrio y enfurecido. En lugar de ir por Irene al hospital al día siguiente, ella tuvo que irse sola a casa, en un taxi. Llegué al hospital a preguntar por ella. Nadie sabía dónde se encontraba. Armé un escándalo del que sólo me salvó de la cárcel que el doctor Refugio, que atendía a Irene, saliera a tranquilizarme.

Cuando llegué, Irene estaba sentada ante el televisor, abstraída. No volvió en sí durante meses. Yo tampoco. Pero ella, ahora lo sé, había dejado todo atrás como quien sale de una larga telaraña. ¿Por qué quería tener un hijo? ¿Para qué? Me reí de mí: qué poco contemporáneo eres, tener hijos es del pasado: ahora es adoptar mascotas, celulares, viajar por el mundo, vivir para uno, no para alimentar a otros: ahorrar para la jubilación, morir solo, aceptar la inmensa soledad sin nombre que hay en el mundo.

−Devuélvela, Alberto. Ya no quiero ver a esa chica, Caro, en mis pesadillas. Ya sabes lo que es tener a un hijo en casa, ya lo viviste a tu manera, como lo viví con Asael y esas semanas que estuvimos esperándolo hasta que lo destruiste.

−¿Siempre me vas a echar en cara que lo destruí?

Irene suspiró.

−No. Alberto. Aguarda. Es hora de devolverla.

−¿Y a dónde nos vamos?

−Vámonos al centro del país, a la capital.

Betsabé sonrió en ese momento, de acuerdo con volver a sus padres. De acuerdo con regresar a aquella cama maloliente. ¿Qué canciones hay para los bebés muertos? ¿Qué copla surge de esas vidas inconclusas?

Por la tarde volvieron a cantar las cigarras. Salí a buscar el origen de su canto. El sonido me llevó de nueva cuenta al desierto. Recorrí sobre los hormigueros, que ya habían recuperado su forma y densidad de población, hasta que, finalmente, llegué a una hilera de órganos. No tardé en encontrar a la cigarra. El ruido que producía era muy fuerte. Luego se calló. Intenté apresarla, sin éxito.

—Va a tener que llevarla con el doctor que está con el destacamento —fue la breve respuesta de Lina, la enfermera del dispensario—. La infección no ha cedido, venga, mire cómo se le ve la garganta. Además ya trae temperatura.

Me acerqué para observar. La cavidad bucal de Betsabé mostraba una irritación visible, la saliva la molestaba, respiraba con dificultad y su temperatura corporal había ascendido.

—¿No tiene vacunas? El destacamento está retirado.

Lina negó con la cabeza. Una mosca se posó sobre su mano derecha y rápido la espantó.

—No hay vacunas. Alberto, ¿qué no ve cómo está la situación? La mayoría de las veces nos envían Mejorales, algo de penicilina, espray para asmáticos, cosas del momento. Cualquier cosa seria se debe consultar en el destacamento o ir hasta Zacatecas o Saltillo. Tengo este jarabe, pero si no ha funcionado esto sólo será un paliativo.

Me entregó un frasco oscuro de Bromhexina. Betsabé hizo el regreso a casa en un estado total de lloro. Con las prisas, finalmente había sacado el coche de su largo sueño. Batallé para encenderlo, pero al final lo hice. La tos de la bebé se había vuelto crónica pero, en un principio, el jarabe le hizo efecto. Esa tarde, finalmente, pudo dormir y, aunque seguía tosiendo, el sueño era tal que la había vencido por completo. Irene la acomodó lo mejor que pudo sobre la cama y la bebé se durmió con las manos arriba, los puños cerrados y las piernas abiertas.

Esa noche seguí pensando en la posibilidad de irnos a la Ciudad de México, pero con la bebé. Había conocido a gente de allá que me contaba de sus pequeñas casas, de los edificios de apartamentos. El clima templado me gustaba, la temporada de lluvias. Alguna vez alguien me había dicho que a la Ciudad de México llegaban las mejores y las peores personas del país, que tal cantidad de vida las atraía para delinquir o para empezar de nuevo. Una nación que hacía el peregrinaje a la capital, provenientes de todas las Aztlán de la república.

Me imaginé abordando un viejo autobús que hiciera el recorrido desde ese punto perdido del país hasta la capital, llegar en la madrugada, antes de que la ciudad despertara por completo. Recorrería las calles y sus olores a drenaje, basura y tamales se pasearían a mi alrededor. En una colonia, pequeña, de calles angostas, encontraría una casa lo suficientemente amplia para cuatro personas.

Un día volvería a ir a las librerías, nos sentaríamos a desayunar un buen café y un *omelette*, esas pequeñas rutinas que nos salvan del caos. Betsabé entraría al kínder, me dije. La dejaría en la escuela a las siete de la mañana, me diría adiós con su mano regordeta. Luego, a las diez de la mañana, Amparo iría a dejarle algo de comer, unos *hot cakes*, un sándwich de atún; más tarde, Betsabé escogería sus juguetes predilectos, algunos de cierto color, con formas raras, se reiría cuando la lanzara al aire para después sostenerla a la altura de mi pecho. Le pondría lentes para el sol que se le terminarían resbalando; al cargarla, ella me pasaría un poco el brazo tras el cuello y me pediría que la lance de nuevo al aire: "Otra ve'", diría, "Otra ve", porque aún no completaría las palabras. Cuando algo la asustara, se haría ovillo sobre mí y gritaría. Un día, al entrar a la primaria, empezaría a notar que lleva además de un nombre, un apellido. El apellido la situaría a la mitad de la lista. Ese mismo mote le serviría para separar sus libros de los de otras Albas, Cármenes y Glorias; escribiría con letra cuidadosa la gran *J* y la gran *R*. Con el apellido vendría después una noción de a quién pertenece: a los Juárez, a los Rodero. Amparo le diría: "Pero si eres corajuda como una Juárez"; "Pero si eres terca como una Rodero". Con los apellidos se heredan los defectos de la familia. Ella sabría que proviene de un padre y una madre, pero también de unos abuelos que tuvieron una fábrica de fritos, vería las fotografías, se enseñaría a amar a esos desconocidos, ¿no es esa la única prueba de amor, amar a los desconocidos? Una noche, al hacer una oración, pediría por papá, por mamá y por mis abuelitos que ojalá estén bien en el cielo. A Betsabé le gustaría tomarse fotos: conmigo, con su mamá. Cuando tenga monstruos le diré: "Los monstruos no están debajo de la cama, sino a un lado". Un día tendría sus apellidos bordados en su ropa, en su maleta, crecería, se volvería otra persona, le dolería la muerte de su "abuelita Amparo", crecería más, le darían una cédula de identificación, con alguna amiga se escaparía de casa para ir a un concierto, se cambiaría el color del cabello con tintes alocados; un día conocería a un hombre, un joven estudioso. Más tarde le darían su primer beso, que Betsabé recordaría en tardes viejas, cuando era joven y amaba con ingenuidad. Se pelearía con nosotros porque no le daríamos dinero suficiente. Buscaría independizarse, iría corriendo para comerse el mundo aunque le temiera, pero siempre sabría que allá, en el futuro, en una tierra que aún no podía conocer, con personas que tal vez aún no había visto, allá en esa tierra habría una sepultura con su nombre, una fecha que da el fin de su destino. Alguien escribiría sobre cemento fresco: Betsabé Juárez Rodero, esposa y madre, mientras mi larga descendencia iría a perderse a las orillas de un olvido que aún no alcanzo. Esa sería mi hija. Betsabé.

Así que, esa noche, preparé mentalmente mi viaje. Me iría en dos semanas, en la Ciudad de México sacaría, con una carta poder de Irene, el dinero para pagar la renta por adelantado, compraría algunos muebles, un cunero. Estaba decidido, pero esa misma noche, como a las cuatro, nana Amparo quien cuidaba a la bebé, nos despertó: Betsabé batallaba mucho para respirar y, cuando finalmente lo pudo hacer, soltó una tos que provenía del fondo de un inmenso hormiguero: insectos negros que salían de su garganta. Su temperatura era alta. Me quedé inmóvil. ¿Y si era mentira, si en realidad Becerril nos había delatado? Con esa duda quité el protector del Civic y lo abordamos. Debíamos movernos de inmediato al destacamento. Dejé una ventana apenas abierta para que entrara el aire frío de la mañana y Betsabé pudiera respirar el aire fresco. Alcancé a mirar hacia el desierto, las colinas donde se había quedado Abril.

Dejamos atrás El Sartejonal y la fábrica. Miré el valle por el espejo retrovisor y confirmé que debíamos irnos a la Ciudad de México. Tenía poca gasolina, así que llegué a cargar al sitio donde trabajaba. Al principio, uno de los despachadores no me reconoció y, en cuanto lo hizo, me trató como a un extraño más, de los tantos que llegan a cargar gasolina y se largan.

Cuando llegamos, el doctor del destacamento nos dijo que no podía medicarla, no contaba con lo necesario.

—Llévela a un hospital regional, deprisa, tenga este pase… Tiene síntomas de bronconeumonía. Ese hospital no está en Saltillo, sino en Monterrey. Debe apurarse.

Nos entregó una receta y una orden médica y apuntó el nombre del hospital: el mismo donde había trabajado Irene. Salimos y las dudas me apresaban. Irene también se encontraba tensa, cargaba a la niña.

—Vámonos, vamos a Monterrey.

—¿Y si nos están esperando?

—Se nos va a morir aquí, Alberto, dame las llaves si tú no quieres ir, esto es inaudito. ¿Así hubieras dejado morir a un hijo nuestro?

No supe en qué momento le solté un manazo. Amparo gritó y ambas mujeres se protegieron de mí.

—Perdona… no sé qué hacer… no dejaría morir a nadie, menos a…

Irene. En sus ojos apareció un rescoldo, la tensa sensación de que lo nuestro no daba para más.

—Dame la llave, vamos al hospital.

Estaba muy nervioso y tenso cuando subimos de nuevo al coche. No quise mirar a Irene por el espejo retrovisor. Amparo quiso ir con nosotros.

—No los puedo dejar ahorita, mija, no ahorita —dicho eso, nos pidió que la lleváramos a casa de sus parientas para dejar encargada la casa. La sobrina dijo que sí, somnolienta, y recibió las llaves, aburrida.

Todo pasó muy rápido: la geografía, la preocupación, las luces de los coches. En la oscuridad, creí ver de nuevo a aquel potrillo partiendo la noche. Era la zona donde lo habíamos encontrado. ¿Qué habría sido de él? ¿Qué sería de nosotros?

—Vamos a ir a otro hospital —le informé a Irene.

—Está bien, no quiero que nadie me reconozca —me dijo, mientras Amparo sostenía a la bebé en brazos.

Con esa sensación de letargo salimos del destacamento. El tiempo congelado. Pero si algo había que nos apuraba era la tos. Kilómetros de carraspeos y crispaciones rumbo a la ciudad de la que habíamos huido.

La tos durante la carretera Zacatecas-Saltillo.

La tos al pasar un restaurante abandonado.

La tos al tomar la curva en el libramiento de La Carbonera.

La tos en la caseta de pago, en aquella música norteña que oía la despachadora.

La tos en la carretera de La Carbonera a Arteaga.

La tos en las altas cimas.

La tos en el túnel, atrapada en mis oídos.

La tos junto a las laderas suaves junto al camino.

Tos de gasolineras, de rebases a ciento veinte kilómetros por hora.

La tos de los motores de los tráileres.

La tos ante una liebre que pasa veloz de un lado a otro del asfalto.

La tos y el llanto.

La tos de los autobuses de pasajeros dejados atrás.

La tos en las dentadas cordilleras de montañas grises.

La tos y la neblina. La tos y la piel ardiendo de Betsabé.

La tos en otra caseta de autopista y otra y una más.

La tos al entrar al libramiento de Monterrey: tos minúscula pero constante, tos que me hacía apretar las manos.

La tos repetida dentro de mi cabeza.

La tos a la entrada a la ciudad por la Huasteca con sus paredes mordidas.

La tos en la primera avenida de la ciudad.

La tos a la altura de Morones Prieto.

La tos y los semáforos.

La tos y los coches que nos rebasaban por la derecha.

La tos y los anuncios publicitarios de casas y cervezas. Una mujer vestida de rojo, feliz.

La tos aquí, allá, coches, después Gonzalitos.

La tos en la avenida Hidalgo, el Hospital Muguerza que de nada nos servía, bajar por Hidalgo.

La tos al bordear el cerro del Obispado.

La tos siempre, siempre, pegada a mi nuca, el llanto de la bebé, la tos y el llanto, más coches frente a nosotros...

La tos del *reborn*, de los últimos hijos, los hijos de vinilo y caucho, de gramajes inciertos, porque los últimos hijos del hombre serán sobre pedido hasta que de nuestra humanidad no quede piedra sobre piedra.

La tos de la bebé, las miradas nerviosas de la nana Amparo y de Irene reflejadas en el espejo retrovisor hasta que, al fin, vi a lo lejos el edificio blanco con verde del Hospital Cruz del Sur, donde nadie nos esperaba.

Me estacioné en Urgencias, Irene y la nana Amparo descendieron. La cobija se les cayó y la bebé quedó al descubierto con su ropas mojadas por el sudor de la alta temperatura. Rápido, la nana se inclinó para recogerla. Conduje el coche hasta la planta baja y no recuerdo más que el camino de regreso a la sección de Urgencias donde no encontré a nadie, el hospital se había tragado a sus enfermos. Tampoco había ninguna persona aguardando en la sala de espera ni una enfermera en alguna estación. Avancé por una sala desierta y entré a la verdadera sala de Urgencias donde ya atendían a Betsabé. Irene se me acercó y me contó la mala noticia.

—Mandaron por un neumólogo, tardará una hora en llegar, van a ponerle suero.

—¿Quieres que probemos en otro sitio?

—No, aquí, ¿a dónde nos vamos sin que nos alcance la desesperación?

—¿Dónde está Amparo?

—Sólo quieren que esté la mamá con ella y envié a nana.

Nos sentamos a esperar. Con la llegada del día, el pasillo empezó a tener más tráfico. Pasaban mujeres apresuradas y enfermeras en franca chácara. Un par de médicos de mayor edad se quedó charlando junto a la puerta de urgencias y luego se escabulleron por ella. Gente con dolencias que no podía ni imaginar empezó a apoderarse de las sillas en la sala de espera; luego era conducida al interior de consultorios o a la gran sala de Urgencias, con su puerta de vidrios esmerilados.

Lo que ocurría tras esas puertas era un gran misterio, pero todos teníamos la mirada puesta en ellas. Irene estaba indecisa. Se reprochó no haber entrado, pero después dijo que era lo mejor. No soportaba ver a la niña enferma, quería devolverla, quería irse corriendo de ahí, pero no lo hacía, no sé si por mí o porque Betsabé en realidad le importaba.

A veces aparecía una enfermera para dar alguna indicación a una persona, esta la seguía y luego volvía a salir.

—¿Esto es preocuparse por un hijo? —me preguntó.

—Supongo que debe ser peor.

Como a la hora salió la nana y, con ella, un doctor joven, de mirada serena, canoso prematuro. Como el resto de los médicos, llevaba un estetoscopio al cuello, se veía recién bañado, podía jurar que traía el cabello húmedo.

—Es el doctor Santiago.

El hombre nos extendió la mano. Betsabé mostraba un severo cuadro de bronconeumonía.

—Se le llenaron los pulmones de agua y hay que sacarla, ya hicimos la primera punción… pero debe quedarse hospitalizada… Lo que me preocupa es también la inflamación en la garganta, no puede pasar nada; tal vez debemos ponerle una sonda para darle algo de comer y suero, sus venas son muy delgadas y no soportarán otra aguja.

Luego nos explicó lo que ocurría con Betsabé, pero no pude entenderle. Irene asentía a las palabras, pero no sé si de forma mecánica. Resonaban en mi cabeza las alarmas, pero al fondo de ellas sólo podía escuchar a la verdadera madre de Betsabé llorando por su pérdida. Sudaba.

A esa misma hora enviaron a la bebé a la sala de cuidados intensivos. La vi partir en una pequeña cuna cubierta por una carcasa de plástico. Irene volvió a pedirle a la nana que acompañara a la bebé y se excusó con que no soportaba verla en esa situación. La nana rezó a no sé cuántos santos e Irene y yo nos hundimos en el asiento de la sala de espera. Luego salió una enfermera y una mujer de servicio social quien, después de hacernos algunas preguntas, me solicitó el acta de nacimiento de Betsabé. Le dije que no la traía conmigo, que habíamos salido a las prisas y que estábamos fuera de nuestra ciudad, pero le extendí la cartilla de vacunación que nos había dado la enfermera en Benito Juárez.

—Muy bien, pero necesito el acta de nacimiento, no podrán sacar a la bebé sin ella.

Me sentí indignado e iba a hacer un escándalo. Irene asentía a todo, en silencio. Incómoda. La mujer de servicio social estaba excedida de peso, su pelo teñido dejaba ver las raíces negras. Usaba pantalón de tela, una blusa floreada y zapatos de punta roma, negros, sin tacones. Me ordenó que la siguiéramos a su cubículo, donde imperaba mucho orden, pilas de papeles bien segmentados, una libreta con tapas gruesas, el póster de una enfermera pidiendo silencio a quien la observara era el único afiche en las paredes.

—¿A nombre de quiénes extiendo los pases al área de cuidados intensivos?

—No entiendo, este es un hospital particular.

—Sí, pero todo lo que tiene qué ver con niños debe ser revisado por alguien del gobierno. Es mero control.

Le di los nombres de Irene, la nana Amparo y el mío. La mujer los escribió en una libretita y, al final, me extendió tres cartones arrugados, con nuestros nombres ahí.

—No los necesitan para entrar pero necesito que los devuelvan al salir... Y también la copia del acta de nacimiento y de sus credenciales de elector, de los padres, solamente.

Salí desmoralizado de la entrevista. La nana me indicó dónde se encontraba el elevador y, cuando llegamos al piso de cuidados intensivos, nos acomodamos en una pequeña sala, con sillones mullidos y una televisión que terminaría odiando. Había revistas y periódicos viejos. Tenía las manos crispadas por la urgencia de la mujer de un acta de nacimiento. Buscaría a Carlos Becerril... aunque supe que aquello no saldría nada bien. Ahora no sólo debía pagarle sino, además, ponerme en sus manos.

Carlos Becerril me citó al día siguiente en una sucia cafetería por la zona de avenida Madero. Le dije a Irene que saldría a buscar los papeles que nos solicitaban sin decirle que me encontraría con el detective. Para entrar había que cruzar la zona de puesteros donde se vendían, en ese entonces, los artículos piratas más codiciados por los regiomontanos. Eran callejuelas sucias, protegidas del sol con láminas verdes y oxidadas, descoloridas por el calor y la lluvia. Al costado, se hallaban algunos bares y cantinas de las más viejas de la ciudad. Una fila de negocios de venta de vestidos de novia se encontraba antes de llegar al restaurante.

Iba desvelado, puesto que la noche anterior apenas había podido dormir. Cada dos horas salía la nana para decirnos cómo seguía la bebé. Procuraba que Irene o yo entráramos, pero nos negamos. No sé qué sientan los padres al ver a sus hijos conectados a tantas jeringas, respiradores y medidores para todo, pero no quería experimentarlo.

El local exhibía un nombre muy curioso: Rigos. La última ma S estaba escrita muy grande y con una inmensa cola que regresaba para envolver las otras letras. Entré. En la corta barra había un par de hombres y, más allá, mesas típicas de cafés de chinos, acojinadas, enfrentadas a mesas de formica. Me arrellané en la única que daba a la ventana y esperé la llegada de Becerril. Uno de los hombres en la barra leía el periódico. La mesera se me acercó y me extendió la carta, llevaba horas sin comer más que algún sándwich en la carretera; supongo que lo primero que pierden los padres con hijos en el hospital es el apetito. Ordené unos huevos con jamón, frijoles, café y pan. Cuando me lo trajeron lo devoré al instante, hasta que empecé a sentirme incómodo: desde la otra calle, Carlos Becerril me observaba. Cuando entró, noté que su fortaleza había desaparecido. Frágil, algo nervioso. Su corbata estaba desanudada, era como el último reducto del tipo de hombre que había sido. Quise interrogarlo primero pero, mal encarado, me dijo:

—Y ahora qué necesita, licenciado. Si no trajo el dinero no me va a sacar ni un saludo.

En sus ojos se notaba la seguridad de quien tiene a su presa al alcance. ¿Había ido a la policía? Me revolví en el asiento, busqué indicios de alguna trampa en la calle, pero únicamente encontré a los cansados comerciantes que empezaban a extraer la mercancía de sus negocios para amontonarla enfrente de sus puestos.

Creí ver a Martín en una esquina, pero no, era un chico de camino a otro sitio.

Saqué un fajo de billetes que había retirado del banco y se lo entregué. Becerril contó el dinero y cuando sonrió satisfecho me dijo:

—Está bien, está bien, eso ya lo tenemos amarrado, pero ahora quiero que vea esto.

Extrajo de su maletín un sobre. Las fotografías se deslizaron con lentitud sobre la mesa con migajas. Ahí estaba Carolina.

—¿Y qué quiere que haga con esto, Carlos? Ellos nos robaron, ¿por qué le sorprende que les hayan aplicado la misma? Son ladrones, eso es lo único que son, aunque tengan hijos, familia.

—Alberto, usted me lo confirmó por teléfono. Lo tengo grabado. Lo mencionó. No se preocupe, su secreto está a salvo mientras tenga con qué respaldar mi silencio. Ah, qué Alberto. Qué cosas, carajo. ¿Quién desconfía de personas como usted? Estudiadas, agradables, sin una tacha. Pero yo sabía, Alberto. Es decir, en cuanto noté el cambio en la vida de los ladrones. No se contaba ni con una pista de que se habían robado a la bebé. Los ladrones fueron a su casa, como fueron a las de otros que habían asaltado. La destruyeron, lo vi después. Después de que me llamó, me les acerqué. Les conté que era un detective profesional. Les dije que me había enterado de su caso por alguien de los bajos fondos. Agradezca que los ladrones no avisaron. Tardé mucho en siquiera darles la pista, hasta que me envió aquel e-mail y pude rastrear el código de su computadora. ¿Cómo está la niña? No lo ve, ¿cierto? Está metido hasta el cuello en esto y lo único que quiero es salvarle el pescuezo y, de paso, ganarme algo más de dinero. Si lo llegan a capturar, a mí también me meterán a la cárcel. Necesita regresar a esa bebé y ya no volver.

—Ya se les hubiera muerto —le respondí.

Entonces le conté a Carlos Becerril lo que había pasado. Al menos lo más importante de los últimos meses y por qué habíamos vuelto a la ciudad. Le confesé que necesitaba un acta de nacimiento en donde nosotros fuéramos los padres de esa niña. Becerril no me quiso ayudar, pero lo presioné.

—Ya dijo que usted está metido en esto y sin el acta no puedo seguir pagando el hospital de la niña y menos sacarla y si me agarran diré todo, Carlos. Es mejor que me ayude a conseguirla.

—¿Para qué las amenazas, licenciado? Ya le dije que estoy para ayudarlo. Pero gratis no le va a salir.

Luego escribió una cantidad en una servilleta.

—Eso cuestan los papeles con la inflación, licenciado.

Salimos de la cafetería y nos internamos por los pasillos de la calle Reforma. Una parte de mí se mantenía alerta. Cruzamos un par de avenidas y llegamos hasta uno de los hoteles cercanos a la central de autobuses. Subimos a un tercer piso y entramos a la primera habitación. El hotel no era tal, sino una gran cadena de oficinas de negocios variopintos donde se leía el tarot, se ofrecían yerbas medicinales y hasta había un café internet y venta de artículos para viajeros. Entramos a un sitio con pinta de papelería. Un hombre gordo nos atendió y le indicó a Becerril que esperara. Él le dijo lo que necesitábamos, un acta de nacimiento fechada en tales días, con tales indicaciones. El hombre nos mostró varias, muchas eran de otros estados de la república: Morelos, Nayarit, la más cercana de San Luis. Con los sistemas digitalizados podían imprimir el acta de nacimiento de una persona nacida en Estambul. Escogí el acta de nacimiento potosina. Indiqué un pueblo, Venado. El acta salió cara, no como los honorarios de Becerril. No contó los billetes cuando se los entregué. Al despedirnos, me prometió no vernos nunca más.

—No se le olviden las fotos —me entregó el sobre—. Al menos regrésele algo a la madre, no sea mierda.

Cuando llegué al hospital, lo primero que hice fue mostrarle el acta de nacimiento a la mujer del servicio social. La miró con abulia, le sacó una copia y me la entregó. Con paso decidido, llegué hasta el piso de cuidados intensivos. En la sala no estaba Irene ni la nana Amparo. Las busqué en los pasillos y en la habitación. La bebé tampoco estaba. Asumí que la habían llevado a realizar algún estudio. Una enfermera me soltó la verdad. La cabeza me quiso explotar. La bebé ya no existía. Nunca más volvería a estar y escuché ahí el canto de una cigarra cuyo sonido se ahogaba con el ruido de la ciudad.

Lentamente nos acercamos al precipicio y, cuando llegamos a él, el único acto coherente de nuestra vida es saltar. El doctor Santiago me dijo que la niña había tenido un paro respiratorio del que no la habían podido recuperar. Utilizó esa palabra y pensé que era una burla, porque Betsabé estaba perdida desde que me la había llevado de su casa. Me contó que Irene había caído en una crisis de histeria y que la cercanía con la nana la tranquilizó. Le pregunté al doctor si la había visto.

—Salieron de aquí hace unas cuatro horas, iban a buscarlo —respondió de forma mecánica.

Después me indicó que las había dejado en una sala de recuperación en el hospital acondicionada para resguardar a las personas que iban a recibir una mala noticia.

—Tenemos una profesional dedicada al manejo del duelo, si desea consultarla.

—Dígame a dónde se fueron mi esposa y su nana.

—Le digo que salieron, no sé más.

Fui a la sala donde se resguardaba a los familiares tras

una pérdida y no encontré a nadie. No había otra forma de comunicarnos, así que esperé cerca de tres horas en las bancas frías del hospital. Desde el primer minuto lo supe: Irene no volvería. Sin teléfonos celulares, sin modo de contactarla, sólo aguardé a que me comiera la ansiedad. Tenía las manos frías, la garganta reseca era un surco espinoso. Mi cabeza era eso: un tajo burdo.

En esa habitación me encontró la psicóloga que la había atendido y me observó con lástima. Hizo una mueca de resignación.

Había ido a la cita con Becerril en un taxi y bajé al estacionamiento para buscar mi coche, pero no estaba ahí. Tal vez se habían ido a la casa de los padres de Irene. No volvería a ver a mi esposa. Ella me lo había dicho: que aquella aventura era una locura, que dejara el pasado atrás, que devolviera a la niña y, con talante firme, le había contestado en una lejana noche que no era posible.

—Ruega que nunca termine —me dijo cuando mencioné que Betsabé bien podría ser hija de Carolina y mía.

Volví con el doctor Santiago y lo esperé en un sillón. Cuando apareció, me informó que necesitaba realizar algunos chequeos médicos de rutina con el cadáver de Betsabé, y yo debía llenar algunos formularios.

—No la encontramos en las actas de nacimiento del estado. ¿La registró en otra ciudad?

Asentí y le mostré el acta de nacimiento de San Luis Potosí.

—¿Quiere ir a la morgue?

—¿Cuándo puedo pasar por el cuerpo?

—Sólo se le entregan a los empleados de servicios fúnebres, don Alberto.

Fui a la morgue y esperé. Quería ver el cuerpo de Betsabé, cargarla una última vez. Qué peso tan extraño el de los hijos muertos. Supe al instante que aquel cuerpo no me pertenecía, que no era ni mío ni de nadie: acaso una máscara de otro. El aire me faltó y empecé a toser, eché por la boca la humillación, la pérdida, expulsé moscardones, gruesas cigarras que se abrían paso por mi garganta, la tos dio paso al vómito de tijerillas y cucarachas, de escarabajos y grillos con cara de niño, más y más insectos seguían saliendo de mi boca, con caparazones pulidos y negros, patas anchas abriéndose camino en mi lengua, alas espinosas de secreta arquitectura, negros los espolones, negros los aguijones que me laceraban la garganta, negras las mandíbulas de fina ponzoña, una legión de langostas salía de mi boca, chocaban sus patas y sus alas, sus cuerpos contra sí hasta tronar; raspaban sus abdómenes, sus alas anteriores y exteriores: negras antenas; salían aquellos insectos negros con sus caparazones henchidos de huevos que se rompían al chocar contra mis dientes y herían. Comprendí que el ángel del exterminio que se había llevado a los primogénitos no era ni un ángel ni un espíritu, sino las alimañas del mundo que habían salido del fondo de la tierra con sus aguijones fríos para herir la carne húmeda. No dejes que mi ira llegue a ti, dijo Betsabé. ¿A qué te sabe la muerte de mi hijo en tu boca? Las manos me desfallecieron, me salía con la tos lágrimas y hormigas, pesados escarabajos negros de los que iba dejando un reguero ante la plancha de aluminio, ¡qué grande era para un cuerpo tan pequeño!

Entonces lo recordé.

Esa bebé no era mía… acaso el último de mis *reborns*, pero no mía en realidad.

Poco a poco fui tranquilizándome. Me limpié las manos. El responsable del área al fin se me acercó e indicó que me pasaría algunos teléfonos de funerarias. Le pedí permiso para quedarme unos momentos con Raquel… aunque, ¿qué significaba su nombre verdadero dicho en la boca de su madre? Estaba fría, una aspereza que no se parece a las demás. Seguí pensando en Carolina, en la bebé que la hija de los ladrones había perdido… esos meses de locura. Irene y Becerril querían que terminara. Así que, al fin, tomé una decisión.

Y me levanté.

Y tomé a la bebé.

La envolví en una cobija y me la puse al hombro para no despertarla.

Y salí con ella.

Metros adelante, el encargado de la morgue aguardaba. Me vio, intentó detenerme. Lo reté. Se puso en mi camino, pero seguí avanzando. Dijo que le hablaría a la policía, pero seguí adelante. Cuando llegué a la puerta del hospital empecé a correr; no dejé de hacerlo hasta que estuve a cuadras de ahí, protegido por la noche que ya había caído. Sólo era un padre con su bebé en brazos. Un padre muerto, sí. Aunque me llamaran no volvería el rostro y, ¿quién detiene a un padre con su hija muerta cuando sale por la puerta de un hospital?

Abordé un taxi y, con la bebé acomodada en mi regazo, le indiqué al conductor que deseaba ir a la colonia Florida, a la calle Nomeolvides. Me bajé antes de llegar y empecé a caminar. Algunos perros me ladraban, pero la calle se mantenía en silencio. El fardo en mis brazos. Al fin me detuve frente a la casa donde había visto a Horacio y su familia descargar objetos de la camioneta y esperé no muy lejos, recargado sobre el costado de un coche. Sólo era un hombre con una bebé en brazos. En ese rato no vi a Carolina ni a Martín. Debía buscar a mi esposa. Tal vez volver a la casa, entrar como un ladrón en ella, repintar el grafiti que aún se mantenía bajo las capas de pintura, acomodar mis libros en sus estantes, repasar las películas en el aparato del DVD, comer, preparar la cena, mirar siempre la puerta entornada de la habitación del *reborn*, soñar con aquel pequeño mecanismo, práctico para su alma, hecho de engranes que lo hacían respirar; tal vez debía moverme hasta la noche en que Irene me dijo que seríamos padres, entrar así, como un ladrón y llevarme eso conmigo, arrebatárselo a quien debiera ser, pero llevármelo, cagarme en la puerta de la vida, lo que fuera que significara, hasta que al fin empecé a caminar. Una música de vallenato se extendía en la noche. La dejaría en la puerta de la entrada y entonces gritaría sólidamente el nombre de Carolina. Eso, que los padres entierren a sus hijos, que los sepulten para que en paz vayan, en el fuego de un globo cantonés, en la flor que cae sobre la tierra y es aplastada por las paletadas, en una oración dicha torpemente a causa de las lágrimas, con un dibujo incierto. El mundo sí nos puede dar ese regalo: enterrar a nuestros hijos hasta que incluso aquí, en la imaginación, se quedan congelados. Eso le daría a Carolina.

En la calle no había nadie, en los callejones, tampoco. Como hacía muchos meses, entré de nuevo a las calles irregulares, al piso de tierra apisonada. Afuera de la casa encontré un par de estufas deshuesadas. Era mejor así, dejarla sobre una de ellas, acunarla en alto y no dejarla sobre el suelo. Deposité el cuerpo de la bebé en ella, deslicé la sábana, exhibí el rostro. Era agradable cuando reía, cuando Betsabé miraba el horizonte… Me despedí. Qué frío era su cuerpo: la frente reseca, las mejillas hundidas, casi como un *reborn* que alguien ordena para tener en casa y mima y guarda celosamente en un cajón o buró. La bebé había cerrado las manos y procuré dejar espacio suficiente para que pudiera respirar, pero luego me di cuenta de que eso era ridículo. Dejaría su cuerpo desnudo. ¿Encontraría a mi mujer? Es mentira que nuestros actos nos proveen de expiación… Nos conducimos a una desolación perpetua, con el sol extirpado del horizonte como un cáncer muerto por el tiempo, por el amor, por el placer que se pierde; si escribimos, el coraje por la pérdida se torna más claro pero no se va. Así nos entierran: llenos de culpa. ¿Encontraría a mi mujer? Di unos pasos atrás y me llevé las manos a la boca para que mi grito saliera con más firmeza.

Dije su nombre dos veces, lo más fuerte que pude y salí corriendo. Llegué hasta la esquina y me pegué a la pared, ansioso, desesperado, sin aire. No sé si salió primero ella o él. Qué importa. El fin de una vida es acaso una pequeña escena, un par de palabras dichas con precisión y sin manera de refutarlas. Todo está bien con la vida así como es. Fue entonces cuando el viento trajo consigo ciertos ahogos, no sé si palabras enunciándose al viento: un nombre oído por primera vez, verdadero, en la boca de una madre. O tal vez lo que escuché eran gritos.

Agradecimientos

Una novela es todas las versiones previas a la que es publicada; debo agradecer a quienes me ayudaron a leer esos manuscritos: César Valenzuela, Hugo Valdés, Eduardo Antonio Parra, Isabel Jiménez, Orfa Alarcón y a mis compañeros del Fonca: Verónica Gerber, Jorge Téllez, Marxitania Ortega, Héctor Iván González, Gerardo Iván Hernández y, por supuesto, al gran Jorge F. Hernández. Al equipo de Almadía: Memo Quijas, Vania Quijas, Luis Jorge Boone, Karina Simpson, Ari González, gracias por todo.

Antonio Ramos Revillas nació en Monterrey, en 1977. Egresado de Letras Españolas de la Universidad Autónoma de Nuevo León, ha sido becario del Centro Mexicano de Escritores, del Fondo Nacional para la Cultura y las Artes y de la Fundación para las Letras Mexicanas. Obtuvo el Premio Nacional de Cuento Joven Julio Torri 2005. En 2014, su obra infantil y juvenil fue reconocida por el Banco del Libro de Venezuela y la Biblioteca de la Juventud de Munich, y fue seleccionado por el Hay Festival, el British Council y Conaculta como uno de los mejores veinte narradores menores de cuarenta años del país. Ha participado en las antologías *Grandes hits. Vol. I. Nuevos narradores mexicanos* (Almadía, 2008), *Trazos en el espejo. 15 autorretratos fugaces* (2011) y *Sólo cuento. Vol. VII* (2015). Parte de su obra ha sido traducida al inglés, francés y polaco. Su primera novela *El cantante de muertos* (Almadía, 2011) fue considerada una de las mejores del año por *Nexos* y *Reforma*. Dirige la novel editorial 27 editores. Recientemente recibió el Premio UANL a las Artes 2015 por su trayectoria literaria.

BARROCO TROPICAL
José Eduardo Agualusa

EMMA
EL TIEMPO APREMIA
POESÍA ERAS TÚ
Francisco Hinojosa

APRENDER A REZAR EN LA ERA DE LA TÉCNICA
CANCIONES MEXICANAS
EL BARRIO Y LOS SEÑORES
JERUSALÉN
HISTORIAS FALSAS
AGUA, PERRO, CABALLO, CABEZA
Gonçalo M. Tavares

25 MINUTOS EN EL FUTURO. NUEVA CIENCIA FICCIÓN
NORTEAMERICANA
Pepe Rojo y Bernardo Fernández, *Bef*

CIUDAD FANTASMA. RELATO FANÁSTICO DE LA
CIUDAD DE MÉXICO (XIX-XXI) I Y II
Bernardo Esquinca y Vicente Quirarte

EL FIN DE LA LECTURA
Andrés Neuman

LA SONÁMBULA
TRAS LAS HUELLAS DE MI OLVIDO
Bibiana Camacho

LATINAS CANDENTES
RELATO DEL SUICIDA
Fernando Lobo

CIUDAD TOMADA
Mauricio Montiel Figueiras

LOS ÚLTIMOS HIJOS

de Antonio Ramos Revillas
se terminó de
imprimir
y encuadernar
el 14 de septiembre de 2015,
en los talleres
de Litográfica Ingramex,
Centeno 162-1,
Colonia Granjas Esmeralda,
Delegación Iztapalapa,
México D.F.

Para su composición tipográfica se emplearon las familias Bell Centennial y
Steelfish de 11:14, 37:37 y 30:30. El diseño es de Alejandro Magallanes.
El cuidado de la edición estuvo a cargo de Karina Simpson.
La impresión de los interiores se realizó sobre papel Cultural de 75 gramos
y el tiraje consta de dos mil ochocientos ejemplares.